I0573485

DES MILLIARDENSCHWERER COWBOY ZU VERSTEIGERN

Die milliardenschweren Cowboys
von True Love, Texas
Buch Vier

HOPE MOORE

Des Milliardenschwerer Cowboy Zu Versteigern
Copyright © 2022 Hope Moore

Des Milliardenschwerer Cowboy Zu Versteigern

Der Cowboy/Milliardär Jake Tanner hat nicht vor, in absehbarer Zeit zu heiraten, und nachdem er kürzlich bei einer Hochzeit ein Strumpfband gefangen hat, ist er entschlossen, seinen Brüdern zu beweisen, dass sie sich nur zufällig, in die erste Frau verliebt hatten, die ihnen über den Weg lief, nachdem sie ein Strumpfband gefangen hatten.

Außerdem ist er, nachdem er das Strumpfband gefangen hatte, mit der örtlichen Tierärztin zusammengestoßen, und sie und er sind wie Öl und Wasser ... sie wissen bereits, dass sie nicht miteinander klarkommen. Als einer seiner Brüder ihn für die True Love, Texas Weihnachts-Junggesellenauktion anmeldet, spielt er gutmütig mit. Ein selbstgekochtes Essen für das Anbringen der Weihnachtsdekoration am Haus der Gewinnerin klingt nach einem guten Deal. Zumal das gesammelte Geld immer einem guten Zweck zugutekommt.

Tierärztin Hanna Cork muss in ihre neue Gemeinde investieren. Sie hat gerade eine alte Farm am Stadtrand von True Love gekauft, und ein bisschen Hilfe beim Anbringen der Weihnachtsbeleuchtung wäre nett, also klingt es nach dem perfekten Plan, auf einen Cowboy zu bieten. Der selbstbewusste, hinreißende Jake Tanner, mit dem sie für kurze Zeit ausgegangen war, ist jedoch der letzte Mann, auf den sie bieten würde ... bis jemand anderes auf ihn bietet und sie zu ihrem Entsetzen nicht aufhören kann, gegen jede andere Frau zu bieten, die ihn will. Und jetzt, nachdem sie ihn ersteigert hat, was soll sie mit ihm anstellen? Und wie wird sie ihn davon überzeugen, dass ihr Gebot absolut nichts damit zu tun hat, dass sie sich zu ihm hingezogen fühlt?

Dieses ungewöhnlich verschneite Weihnachten in True Love Texas verspricht etwas ganz Besonderes zu werden, da Jake und Hanna erkennen, dass man Liebe nicht planen kann.

KAPITEL EINS

Jake Tanner starrte auf das Strumpfband, das er gerade gefangen hatte. Er wäre fast nicht zu dieser Hochzeit gekommen, da er wusste, dass alle Gäste nur darauf warteten zu sehen, ob er das Strumpfband fangen würde. Und jetzt stand er hier und hielt es in Händen, obwohl er entschlossen gewesen war, es nicht zu fangen.

Und als er sich umsah, grinsten ihn alle an.

Einschließlich seines älteren Bruders Cole. Jake warf ihm einen finsteren Blick zu und hatte das ungute Gefühl, dass er wusste, was Cole dachte, genauso wie viele der Leute im Raum, die mitverfolgt hatten, was passierte, wenn einer der Tanner-Männer ein Strumpfband fing.

„Sag es nicht", warnte er.

Cole lachte. „Es sieht so aus, als würdest du bald heiraten."

„Unsinn. Nur weil du, Bret und Levi geheiratet habt, nachdem ihr ein Strumpfband gefangen habt, heißt das noch lange nicht, dass ich es auch tun werde. Und Austin hat auch noch kein Interesse, sich häuslich niederzulassen. Ich bin froh, dass ihr alle glücklich seid, aber ich bin noch nicht so weit. Da kommt deine Frau. Richte ihr liebe Grüße von mir aus, aber ich muss gehen." Und damit wirbelte er herum und ging zur Tür – stieß aber sofort unsanft mit Hanna Cork zusammen.

Sie schwankte, und er ließ das Strumpfband fallen, was ihn überhaupt nicht störte, dann ergriff er ihre Arme, um sie zu stützen. „Tut mir leid."

Er starrte in ihr hübsches Gesicht. Sie war die Tierärztin von True Love, und sie waren nicht lange, nachdem sie den Job vor etwas mehr als einem Jahr angenommen hatte, ein paarmal ausgegangen.

Sie begegnete seinem Blick. „Tut mir leid, ich habe über meine Schulter gesehen und jemanden gegrüßt. Du kannst mich jetzt loslassen."

Er hatte nicht einmal bemerkt, dass er sie immer

noch festhielt. Er ließ seine Hände sinken. „Okay, ich bin froh, dass ich dich nicht umgerannt habe. Ich bin auf dem Weg nach draußen."

„Schon gut, du solltest aber vielleicht das Strumpfband aufheben, das du gerade fallen gelassen hast."

Er runzelte die Stirn. „Vielleicht, nicht, dass es irgendwas zu bedeuten hätte."

„Glaub' mir, ich weiß. Wie auch immer, lass dich nicht aufhalten." Sie trat um ihn herum und ging.

So sehr er sich auch darüber ärgerte, dass er den Impuls spürte, drehte er sich zu ihr um und stellte fest, dass auch sie ihn über die Schulter ansah.

„Viel Spaß noch. Ich bin mir sicher, du hast gerade viel zu tun."

Sie hielt inne und drehte sich wieder zu ihm um. „Das habe ich. So viel, dass ich nicht einmal Zeit hatte, viel an Weihnachten zu denken. Es sind nur noch drei Wochen bis dahin, und ich habe noch nicht einmal meinen Baum aufgestellt oder Weihnachtsbeleuchtung am Haus. Das ist kein Weltuntergang, und ich weiß wirklich nicht, warum ich überhaupt mit dir darüber spreche. Bis dann." Und damit ging sie weiter und verschwand in der Menge.

Er stand da, völlig irritiert über ihre Entschlossenheit, von ihm wegzukommen. Sie waren kurz, sehr kurz – zweimal, um genau zu sein – ausgegangen, nachdem sie ihre Tierklinik in True Love eröffnet hatte. Sie hatte nein gesagt zu einem dritten Date und sie glaube nicht, dass sie gut zusammenpassen würden. Seitdem hatten sie einander nicht oft gesehen. Dafür hatte er gesorgt, indem er alle Notrufe von seinen Brüdern erledigen ließ. Erst als sein Bruder Levi auf Bitte des Sheriff's Department ein verlassenes, sehr krankes Pferd aufgenommen hatte, war Jake draußen gewesen und hatte geholfen, sich um das verletzte Tier zu kümmern, als sie zur Untersuchung gekommen war. Es war ziemlich unbehaglich gewesen, doch das war schon wieder eine Weile her.

Doch das Seltsame war, dass er wieder mehr an sie denken musste, seit er da mit ihr gesprochen hatte. So oft, dass es ihn ein bisschen verrückt machte. Doch das war lächerlich. Sie hatte deutlich gemacht, dass sie kein Interesse an ihm hatte. Und falls doch, *wollte* sie es nicht.

Er drehte sich um und ging zur Tür hinaus. Er hatte viel um die Ohren und war immer noch schockiert, wie schnell seine Brüder in den letzten Monaten geheiratet hatten. Es war schon ein bisschen seltsam, dass jeder kurz zuvor ein Strumpfband gefangen hatte, doch als er auf das hinunterblickte, das er in seinen Händen hielt, war er sicher, dass er nicht wegen eines Stücks Stoff heiraten würde.

Die Geschichte, dass man die erste Frau heiratet, die man trifft, nachdem man ein Strumpfband gefangen hatte, war nicht mehr als ein Ammenmärchen. Er konnte jedem, der ihn danach fragte, mit Bestimmtheit sagen, dass es keine Ehe zwischen ihm und der örtlichen Tierärztin Hanna Cork geben würde.

Hanna war ein bisschen durch den Wind, nachdem sie Jake getroffen hatte. Sie eilte hinter den Küchentisch, wo sie in wenigen Augenblicken beim Verteilen der Torte helfen sollte. Sie musste ruhig bleiben und durfte nicht an ihn denken, doch sie konnte den hinreißenden

Cowboy nicht aus ihrem Kopf bekommen.

Sie waren kurz, nachdem sie hierhergezogen war, miteinander ausgegangen. Und das, obwohl sie Geschichten über ihn gehört hatte, die sie zu dem Schluss gebracht hatten, dass er kein Mann war, an dem sie interessiert war. Dass sie überhaupt zugestimmt hatte, war ein Fehler gewesen. Beim zweiten Rendezvous hatte sie festgestellt, dass er nicht der Typ war, der daran interessiert war zu heiraten, doch für sie war das genau der Grund, jemanden zu daten.

Er war unverschämt gutaussehend, unterhaltsam, lustig. Doch er war nicht jemand, den sie irgendwann heiraten wollte, und das war der einzige Typ Mann, mit dem sie ausgehen wollte. Und das wiederum war der Grund, warum sie kaum mit jemandem ausging. Sie wollte einen Mann, der es ernst meinte, dem es wichtig war, eine Familie zu gründen, und der nicht immer nur an seine Ranch dachte oder daran, sich zu amüsieren. Sie wusste, dass er ein erfolgreicher Rancher war, und hatte sich zu ihm hingezogen gefühlt, als sie ihn zum ersten Mal gesehen hatte, obwohl sie gehört hatte, dass er ein Seriendater war und gerne Spaß hatte. Sie hatte auch gehört, dass er schon auf der Highschool ein großer Entertainer gewesen war. Dann, nachdem seine Familie zu ihren Milliarden gekommen war, indem sie auf ihrer riesigen Ranch ein großes Ölvorkommen gefunden hatten, war er auf dem Titel vieler Boulevardzeitschriften erschienen.

Sie hatte sich trotz allem sehr zu ihm hingezogen gefühlt, doch beim zweiten Date hatte sie gewusst, dass sie aufhören musste, sich mit ihm zu treffen. Es hatte Spaß gemacht mit ihm, und er hatte mit ihr geflirtet, und die Anziehung war enorm gewesen. Doch ihr war klar gewesen, dass ein Mann wie er, der offensichtlich gerne flirtete und datete, nicht scharf darauf war zu heiraten.

Sie lebte ein ruhiges Leben, wenn sie nicht gerade Tiere behandelte, und sie wollte einen Mann heiraten, der ein ruhiges Leben genauso liebte wie sie und eine Familie haben wollte. So sehr sie sich auch zu ihm hingezogen fühlte, ihr war klar, dass er nicht der richtige Mann dafür war.

„Gerade noch rechtzeitig", sagte ihre Freundin Natalie. „Hier kommen die Braut und der Bräutigam, und sobald wir ein Foto von ihnen mit der Torte haben, fangen wir an zu schneiden."

Sie sah ihre Freundin an. „Tut mir leid, ich bin ein bisschen aufgehalten worden."

„Ich habe gesehen, wie Jake Tanner dich fast umgerannt hat. Ich wünschte, er würde mich auch so auffangen."

„Natalie, manchmal ist das, was man sich wünscht, nicht das Beste."

Sie traten beiseite, um sicherzustellen, dass sie nicht im Weg waren, als das Paar den Kuchen anschnitt und die Fotos gemacht wurden. Als sie damit fertig waren, nahmen sie und Natalie ihre Plätze ein und begannen, den wunderschönen Kuchen zu schneiden.

Natalie beugte sich vor. „Du hast gesagt, dass das, was du dir wünschst, manchmal nicht das Beste ist. Meine Frage an dich ist, hast du dir Jake gewünscht? Ich weiß ja, dass ihr vor einer Weile miteinander ausgegangen seid."

„Du musst das vergessen, okay? Wir sind ein paarmal essen gegangen, und ich wollte nicht weitermachen. Ich suche einen Mann, der eine Familie will. Seine Geschichte sagt eindeutig was anderes." Sie warf ihr einen warnenden Blick zu und wandte sich dann den Leuten zu, die auf Kuchen warteten. „Bitte nehmt, so viel ihr wollt. Der Kuchen ist köstlich."

Sie war mit der Kuchenausgabe ziemlich beschäftigt, und Gott sei Dank sagte Natalie nichts weiter über Jake, was gut war, denn sie musste aufhören, an ihn zu denken.

KAPITEL ZWEI

Am Morgen nach der Hochzeit parkte Jake seinen Truck in True Love – was für ein seltsamster Name für eine Stadt. Er hatte sein ganzes Leben hier verbracht und sich immer noch nicht daran gewöhnt. Immer, wenn er woanders war, zogen ihn die Leute wegen des Namens auf, wenn er ihnen sagte, woher er kam. Manchmal hätte er am liebsten eine andere Stadt genannt, doch er tat es nicht. Heute Morgen war der ganze Ort hübsch weihnachtlich geschmückt. An allen Ladentüren hingen Kränze, und überall waren Töpfe mit roten Weihnachtssternen aufgestellt. Er sah am Ende der Straße eine wirklich niedliche Gruppe Rentiere aus Metall stehen und weiter unten an der Straße vor der Kirche war ihm im Vorbeifahren eine Krippenszene aufgefallen. Die Bürger von True Love liebten es, ihren

DES MILLIARDENSCHWERER
COWBOY ZU VERSTEIGERN

Ort zu Weihnachten zu dekorieren. Im Dezember war hier immer viel los, und am nächsten Freitagabend, drei Wochen vor Weihnachten, würde die Weihnachtsfeier der Gemeinde stattfinden. Und alle freuten sich darauf.

Er betrat den Futtermittelladen gerade als sein Freund Max, der dieses Jahr Vorsitzender des Festkomitees war, ihn entdeckte.

„Hey Kumpel, schön, dich zu sehen", sagte Max. „Komm her, ich muss dich was fragen." Er ging zur Tür hinaus und erwartete, dass Jake hinterherkam.

Jake folgte ihm nach draußen. „Was gibt's? Wie läuft die Planung? Ich kann immer noch nicht glauben, dass du dich freiwillig dafür gemeldet hast."

Max warf ihm einen seltsamen Blick zu. „Ich auch nicht, und lass dir sagen: dieses Jahr war es mühsam. Mir war ja gar nicht klar, wie viele Ideen die Ladys haben, was man auf dieser Party alles machen kann. Und jetzt wollen sie, obwohl ich versucht habe, es ihnen auszureden, in diesem Jahr diese Aktion bei der Party durchziehen."

„Das ist nicht neu. Es gibt immer irgendeine Aktion."

„Ja, aber ich glaube nicht, dass sie schonmal einen Haufen Cowboys versteigert haben."

„Cowboys? Versteigert?"

„Ja. Und der Ausdruck auf deinem Gesicht ist wahrscheinlich der, den ich hatte, als sie mir das gesagt haben. Sie waren nicht davon abzubringen, also müssen wir Ende der Woche die Männer davon überzeugen. Und die Ladys glauben, du wärst ein toller Publikumsmagnet. Jetzt schau mich nicht so an …"

Oh, er sah ihn an, mit einem finsteren *Bis-hierher-und-nicht-weiter*-Blick. Doch Max hörte nicht auf.

„Sie haben mich gebeten, dich zu fragen, und eigentlich wollte ich dich nachher anrufen, aber wenn wir uns schon hier über den Weg laufen … Der Deal ist folgender: Du gehst da hoch auf die Bühne, und wer auch immer dich ersteigert, wird dich das Haus und vielleicht den Weihnachtsbaum schmücken lassen. Dafür bekommst du ein Mittag- oder Abendessen. Jeder weiß, dass du gut darin bist, Lichter an Häusern anzubringen, schließlich hast du schon einigen Damen dabei geholfen. Natürlich wissen sie auch, dass du wohlhabend und Single bist und sie damit quasi ein Date mit dir kaufen. Das heißt, sie glauben, dass alle auf dich werden bieten wollen."

DES MILLIARDENSCHWERER
COWBOY ZU VERSTEIGERN

„Es macht mir wirklich nichts aus, dabei zu helfen, das eine oder andere Haus zu dekorieren, wenn jemand Hilfe braucht. Aber der Gedanke, auf einer Bühne zu stehen und Frauen auf mich bieten zu lassen … Also, die Vorstellung, dass mich jemand kauft, gefällt mir gar nicht."

„Das glaub ich dir ja, aber es wäre mir ehrlich gesagt eine große Hilfe, wenn du das tun könntest."

Sein Freund hatte ihm in ihrer Kindheit oft geholfen. Jetzt starrte er ihn an, wollte nur in seinen Truck steigen und wegfahren, wollte nein zu Max sagen, doch er konnte nicht. „Also gut, ich mache es. Ich kann nicht fassen, dass ich gekommen bin, um Hundefutter zu kaufen, und am Ende werde ich das Hundefutter."

Max lachte. „Nun, ich kann nur sagen: Man nie weiß, was kommt. Und wer weiß, vielleicht gefällt es dir ja, das Hundefutter zu sein."

„Oh, ich kann dir jetzt schon sagen, das wird nicht lange dauern. Ich bin schnell im Dekorieren."

Hanna ging ins Gemeindezentrum, wo sie für die Weihnachtsfeier dekorierten, die an diesem

Freitagabend stattfinden sollte. Sie hatte gehofft, dass es ein großer Erfolg werden würde, und angeboten, beim Dekorieren zu helfen, wenn sie nicht gerade zu einem Notfall gerufen wurde.

„Schön, dass du da bist, Hanna", begrüßte Ellie Tanner sie von einem Tisch aus, auf dem sich Süßigkeiten stapelten.

Ihr gegenüber saßen ihre beiden Schwägerinnen Tulip und Rita. Sie waren alle nett, und sie mochte ihre Gesellschaft.

„Hey, schön, euch alle hier zu sehen", sagte sie und lächelte strahlend.

Rita klopfte auf den Tisch. „Mach bei uns mit. Wir füllen Süßigkeitenschalen für die Tische."

„Als ob wir alle viele Süßigkeiten bräuchten", lachte Tulip.

„Also mir gefällt's", sagte Rita. „Und du, bist du eine Süße, Hanna?"

Sie grinste. „Ich mag Süßigkeiten. Mein einziges Problem hier ist nur, dass ich die Süßigkeiten lieber essen würde, als Schalen für andere Tische zu füllen."

Sie lachten, und Ellie reichte ihr eine Praline. Sie

war aus dunkler Schokolade und in silberne Folie eingewickelt. Ja, es war eine Gefahrenzone. Sie stellte ihre Handtasche unter den Tisch und machte sich daran, ihnen zu helfen.

Nach einer Minute hielt Tulip inne und sah sie an. „Weißt du, du bist die perfekte Kandidatin für unsere Auktion." Sie sah ihre Schwägerinnen an, und plötzlich grinsten alle sie an.

Rita streckte die Hand aus und packte sie am Arm. „Das bist du, weil mir, als ich diese Woche an deinem Haus vorbeigefahren bin, aufgefallen ist, dass du noch nicht dekoriert hast. Und ich weiß, dass du als Tierärztin ein sehr beschäftigtes Mädchen bist. Das macht dich also zur perfekten Bieterin."

„Bieterin für was?"

„Du musst mitmachen, weil du eine der alleinstehenden Ladys bist, die das brauchen. Du gehst nicht viel aus, dein Haus ist nicht dekoriert, und ich weiß, dass du so beschäftigt warst, dass du ein bisschen Hilfe beim Dekorieren gebrauchen kannst. Wir wollten dich bitten, auf mindestens einen der Cowboys zu bieten, die versteigert werden. Du wirst ihn vielleicht nicht gewinnen, aber dein Gebot wird zumindest die anderen Gebote in die Höhe treiben, und das wäre eine große Hilfe für unseren guten Zweck."

„Auf einen Cowboy bieten?"

Rita nickte. „Ja. Es wird fünf oder sechs Cowboys geben, die du kennst, Einheimische, die versteigert werden. Wenn du den Zuschlag bekommst, bringst du einfach alles, was du aufgehängt haben willst, nach draußen, und derjenige, den du ersteigert hast, macht das für dich. Er kommt am Samstag und kann dir helfen, deinen Weihnachtsbaum aufzustellen, wenn du willst, oder die Außenbeleuchtung aufhängen. Was auch immer du brauchst, das ist sein Job, und dann machst du ihm was zu essen. Wie hört sich das an?"

Hanna kniff die Augen zusammen, als sie die drei Frauen ansah, die sie erwartungsvoll anstarrten. „Also, ich denke, das ist eine wirklich gute Idee. Ich hatte keine Zeit, irgendwelche Deko aufzuhängen, da wäre es schon cool, wenn ich einen Nachmittag Zeit hätte, das vor Weihnachten noch fertig zu bekommen. Ich meine, nach der Sache an diesem Wochenende sind es nur noch zwei Wochen. Ich hatte mich schon gefragt, ob ich so spät überhaupt noch dekorieren sollte."

„Du solltest, allein schon, weil es deiner Stimmung hilft", sagte Tulip und lächelte ermutigend.

„Bitte, biete ein bisschen mit", sagte Rita. „Du weißt, dass das Geld für einen guten Zweck verwendet wird."

Tulip sah sie ernst an. „Vergiss nicht, wenn du da oben jemanden siehst, den du ansprechend findest, dann biete so lange wie nötig, um ihn zu ersteigern. Das ist eine großartige Möglichkeit, ein bisschen Zeit mit ihm zu verbringen. Wenn dich niemand anspricht, dann biete einfach nur, damit einer von ihnen zu dir rauskommt und dir hilft. Das Geld ist eine Spende und eine tolle Sache."

„Weißt du", sagte Rita langsam. „Sie haben Jake überredet, sich versteigern zu lassen, und ich habe gesehen, wie ihr euch neulich bei der Hochzeit über den Weg gelaufen seid."

Hanna runzelte die Stirn, und ihr Magen begann, sich zu verknoten. „Jake und ich verstehen uns nicht wirklich. Weißt du, wir sind ein paarmal ausgegangen, und er ist einfach nicht der Typ, den ich daten will.

Wenn ich mich mit jemandem verabrede, dann deshalb, weil ich nach einem potenziellen Partner suche – einem Ehemann, und er und ich passen einfach nicht zusammen. Das haben wir beide erkannt."

„Wirklich? Warum?", fragte Tulip.

Auch die beiden anderen Frauen sahen sie fragend an. „Wenn ich heirate, will ich einen Mann, der sich auf uns, unsere zukünftige Familie und unser Zuhause konzentriert. Jake konzentriert sich auf viele andere Dinge. Wir funken einfach nicht auf derselben Wellenlänge."

Die Schwägerinnen sahen einander an.

Tulip lächelte. „Nun, das ist in Ordnung, wir sagen je nur, wenn du jemanden da oben siehst, für den du ein bisschen Geld ausgeben willst, tu es bitte. Wir sind davon ausgegangen, dass du, so beschäftigt, wie du dieses Jahr gewesen bist, vielleicht ein Budget hast, das du für einen guten Zweck spenden kannst. Die Spende läuft über den Spendenfonds der Feuerwehr und ist steuerlich absetzbar. Wenn du also zum Jahresende was zum Absetzen brauchen kannst, wäre das ein guter Zweck. Vor allem, weil das Geld an jemanden in Not geht. Gib also einfach ein Gebot ab, auch wenn das nicht bedeutet, dass du den Zuschlag bekommst. Und es muss nicht mein Schwager sein. Auch wenn ich denke, dass ihr beide ein perfektes Paar abgeben würdet."

Hannas kniff die Augen zusammen und presste die Lippen aufeinander. „Wie kommst du darauf?"

Tulip lächelte breit. „Weil ihr euch beide für Tiere interessiert. Ich beide mögt die Natur und … na ja, wir haben alle gesehen, wie ihr einander anseht. Ihr lauft euch nicht oft über den Weg, aber ich habe den Blick gesehen und denke, dass du da vielleicht etwas nicht wahrhaben willst."

Hanna hustete. „Oh, da irrst du dich. Wie auch immer, können wir das Thema wechseln?"

Die Mädels kicherten, und sie war sich ziemlich sicher, dass sie so begeistert waren, weil sie wirklich glaubten, sie wolle nicht wahrhaben, dass er ihren Puls schneller schlagen ließ.

Doch hatten sie damit recht?

KAPITEL DREI

Jake ging in die große Hauptscheune der Familienranch. Seine Brüder standen alle in der Ecke, wo die Kaffeemaschine auf einer Theke neben einem Kühlschrank stand. Ihr ganzes Leben lang hatten sie die Kaffeemaschine in der Küche des Hauses benutzt, doch dann hatte Cole geheiratet, und sie hatten ihren morgendlichen Treffpunkt hierher in die Scheune verlegt. Sie wollten nicht so früh ins Haus gehen und Tulips Morgen stören. Als sie auf die Idee gekommen waren, eine Kaffeemaschine in der Scheune aufzustellen, hatte sie allen sehr gefallen.

Cole hielt die Kaffeekanne hoch und fing an, Kaffee in eine Tasse zu gießen. „Ich bin mir sicher, dass du heute Morgen einen brauchst."

„Ja, einen großen."

DES MILLIARDENSCHWERER
COWBOY ZU VERSTEIGERN

Cole schenkte den Kaffee ein. „Ärgerst du dich, weil du das Strumpfband gefangen hast?"

Levi lächelte. „Cole hat uns erzählt, dass du deswegen nicht glücklich ausgesehen hast. Und dann bist du gleich danach gegangen. Hast du die Flucht ergriffen?"

„Nein." Er warf Levi einen abweisenden Blick zu.

„Das haben wir zumindest gehört", sagte Bret lachend.

Nur Cole war bei dieser Hochzeit gewesen, und er hatte gehofft, sie hätten nicht gehört, dass er ein Strumpfband gefangen hatte, doch er hatte schon vermutet, dass Cole es ihnen sagen würde.

Sein Bruder Austin, ein Arzt, hatte noch nichts gesagt. Er lehnte an der Theke und nippte an seinem Kaffee. Mit seinem weißen Hemd und der dunklen Jeans war er wahrscheinlich auf dem Weg ins Krankenhaus. „Cole meinte, er habe gesehen, wie du auf dem Weg zur Tür mit Hanna Cork gesprochen hast."

„Nur ganz kurz." Er hatte befürchtet, dass seine Begegnung mit Hanna bei ihnen ankommen würde.

Austins Grinsen wurde breiter. „Ich habe auch gehört, dass du bei der Auktion mitmachen wirst. Es wird eine ganze Horde von Damen geben, die dafür bieten werden, Zeit mit dir zu verbringen."

„Hört sich ganz so an, als könnte es unterhaltsam werden, den Beginn eurer Romanze mitanzusehen." Cole grinste.

Genug. „Okay, Leute, ja, gestern war ein seltsamer Abend. Und ja, ich habe das Strumpfband gefangen, aber es hat nichts zu bedeuten. Ich bin nicht bereit zu heiraten. Ich weiß, dass ihr alle geglaubt habt, ihr wärt noch nicht bereit, als ihr ein Strumpfband gefangen habt, doch offensichtlich wart ihr es. Ich bin es nicht, also spielt es keine Rolle, ob ich ein Strumpfband gefangen habe oder nicht."

Seine Brüder starrten ihn alle grinsend an.

Austin sagte: „Ich habe ja noch kein Strumpfband gefangen, also hängt mir nicht das Damoklesschwert über dem Kopf. Aber ich bin gespannt, was aus dir wird, denn wenn du am Ende vielleicht doch heiratest, werde ich danach wahrscheinlich zu keiner anderen Hochzeit mehr gehen. Und wenn doch, werde ich mich auf jeden Fall von dem Haufen Männer fernhalten, die darauf warten, das Strumpfband zu fangen. Auch wenn es zufällig deine Hochzeit sein sollte und du darauf bestehen solltest, dass ich mitspiele."

Jake lachte, obwohl er von der Unterhaltung nicht begeistert war. „Glaub mir, wenn du das tun wolltest, würde ich es dir nicht übelnehmen."

„Ich finde es nicht gut, dass ihr über das Heiraten sprecht, als wäre es eine Hinrichtung", sagte Levi. „Es ist das Beste, was einem passieren kann. Ich schwöre, der Tag, an dem ich Rita geheiratet habe, war der beste Tag meines Lebens. Und natürlich die Tatsache, Toby als meinen Sohn zu bekommen."

„Dasselbe gilt für mich und Ellie", ergänzte Bret.

„So geht es mir bei dem Gedanken, dass ich Tulip gefunden habe, nachdem ich das Strumpfband gefangen hatte", stimmte Cole zu.

„Ich kann da nicht mitreden", sagte Austin, und seine Lippen verzogen sich ein wenig.

„Okay, es ist offensichtlich, dass ihr alle glücklich

seid, aber ich bin einfach noch nicht so weit. Ich habe vor einer Weile entschieden, dass es mir Spaß macht, ungezwungen zu daten. Ich mag es, nur für mich verantwortlich zu sein. Und nachdem wir hier draußen auf der Ranch auf Öl gestoßen sind und die Klatschpresse sich mit ihren Geschichten auf uns gestürzt hat, vor allem auf mich, na ja, ich habe meine Lektion gelernt. Ich war jung und hatte ein paar Dates, auf die ich vielleicht sonst nicht gegangen wäre, aber die Regenbogenpresse hat sie viel wilder dargestellt, als sie waren, und mich wie einen neureichen Aufreißer klingen lassen. Und als ihnen das nicht mehr gereicht hat, haben sie ausgewachsene Lügen in die Welt gesetzt. Deswegen habe ich so lange Zeit ganz mit dem Daten aufgehört, bis sie eben das Interesse weitgehend verloren hatten, Gott sei Dank."

„Glaub' mir", sagte Austin. „Ich habe gesehen, was sie dir angetan haben, und das hat mich dazu gebracht, intensiv an meinem Abschluss zu arbeiten. Und ich bin drangeblieben seit ich angefangen habe, im Krankenhaus zu arbeiten. Sie haben dir übel mitgespielt."

„Ja, du bist praktisch überhaupt nicht mehr ausgegangen. Ich wünschte, ich hätte mir das zum Vorbild genommen. Aber jetzt bleibe ich hier und helfe in der Stadt aus, wenn ich gebraucht werde. Ich lächle gern auf Hochzeiten, aber selbst habe ich keine Lust darauf. Ich genieße das Leben so, wie es ist. Ich mag unsere Arbeit hier auf der Ranch, es gibt viel zu tun, und es macht mir Spaß. Was mich angeht, könnt ihr also alle heiraten und Babys bekommen, und ich werde einfach der gute Onkel sein. Und wenn es darum geht, am Wochenende die Weihnachtsdeko für jemanden aufzuhängen, nun, das kann ich auch tun, ohne mich zu verlieben."

Seine Brüder lachten alle, was ihn verunsicherte, ob sie mit ihm oder über ihn lachten, denn er meinte eigentlich, sein Liebesleben unter Kontrolle zu haben.

Bret musterte ihn. „Wer weiß, vielleicht wird es dich wie ein Blitz treffen, wenn du dich verliebst. Wo wir gerade davon sprechen, wen du fast umgerannt hast, gleich nachdem du das Strumpfband gefangen hast."

Er verzog das Gesicht, weil er wusste, dass seine Brüder alle neugierig gewesen waren, warum er und Hanna nur zweimal miteinander ausgegangen waren. Sie alle wussten, dass er und Hanna sich seit ihrer letzten Verabredung aus dem Weg gegangen waren. Sie grinsten ihn alle an, und er wusste, was sie dachten. „Okay, Leute, noch einmal, kommt nicht auf dumme Gedanken. Das zwischen ihr und mir hat einfach nicht geklappt. Dass ich ein Strumpfband gefangen habe und ihr danach über den Weg gelaufen bin, ändert nichts daran."

„So wie ich das sehe", sagte Austin und warf ihm und dann seinen Brüdern einen Blick zu. „Wird es passieren, wenn es das soll. Eines ist sicher, wir werden viel Spaß haben, dabei zuzusehen, was passiert." Er zwinkerte Jake zu.

„Ja, das werden wir", stimmte Bret zu.

Cole und Levi nickten.

Jake musste da raus. „Also, Leute, ich hoffe, ihr erwartet nicht zu viel Unterhaltung, denn ihr werdet sehr, sehr enttäuscht sein." Dann stellte er die Tasse ab und ging zu seinem Truck.

Am Freitagabend kam Hanna mit leicht flatterndem Magen zur Weihnachtsfeier. Sie war spät dran, weil sie einen sehr anstrengenden Tag hinter sich hatte. Sie hatte fast gehofft, die Arbeit würde sie von der Teilnahme abhalten. Denn es machte sie ein bisschen nervös, daran zu denken, zu einer Party zu gehen, auf der Jake Tanner versteigert wurde. Sie war sich nicht sicher warum, aber sie war beunruhigt, seit die anderen Frauen ihr gesagt hatten, dass das passieren würde.

Auf den Veranstaltungen der Gemeinde war wie immer viel los, doch dieses Jahr war es noch viel mehr, und sie vermutete, dass so viele Frauen gekommen waren, weil Cowboys versteigert wurden. Viele *alleinstehende* Frauen. Natürlich konnte das Einbildung sein, doch es schien, als wären mehr Frauen hier. Sie zog ihren Mantel aus und hängte ihn in die Garderobe, die nicht allzu weit von der Tür entfernt war. Als sie wieder herauskam, sah sie, dass ihre Freundin sie zu sich winkte. Sie ging auf sie zu und grüßte auf dem Weg andere Gäste.

Natalie packte sie am Arm. „Endlich. Ich habe mir deinetwegen Sorgen gemacht. Ich dachte schon, du würdest es nicht schaffen."

„Das dachte ich auch, aber ich habe mich nur eine halbe Stunde verspätet, und die Party dauert Stunden." Sie sah ihre Freundin stirnrunzelnd an. „Stimmt irgendwas nicht?"

„Nein, ich wollte nur sichergehen, dass du hier bist, wenn die Auktion beginnt."

Sie hatte mit Natalie darüber gesprochen, dass sie gebeten worden war, für einen Cowboy zu bieten. Ihre Freundin hatte davon gewusst und sich darüber gefreut. „Ich bin okay, hab nur so viel bei der Arbeit zu tun. Ich habe versprochen, ein Gebot abzugeben, also bin ich froh, dass ich es rechtzeitig geschafft habe und mein Versprechen halten kann."

„Ich auch. Ich hatte Angst, du könntest nicht rechtzeitig hier sein. Schau, da." Sie nickte zum Rand der Menge.

DES MILLIARDENSCHWERER
COWBOY ZU VERSTEIGERN

Hanna spähte in die Richtung, in die Natalie zeigte, und dort stand Jake. Ihr Herz begann sofort schnell zu schlagen. Er sah heute Abend umwerfend aus. Er trug ein weinrotes Westernhemd, Jeans und einen schwarzen Cowboyhut, der sein hübsches Gesicht noch betonte. „Ich sehe ihn."

Natalie nahm ihren Arm. „Ich denke, du solltest auf ihn bieten. Ich weiß, du meinst, zwischen euch beiden ist nichts, und dass ihr miteinander ausgegangen seid. Aber ich weiß auch, dass das nur zwei Male waren, und ich verstehe immer noch nicht, warum du so schnell aufgegeben hast. Ich habe euch manchmal reden sehen, und ja, du scheinst irgendwie steif und nervös zu sein, aber ich frage mich jedes Mal, ob hinter dieser Reaktion mehr steckt."

Sie nahm Natalies Arm und zog sie hinter ein paar andere Leute, damit Jake sie nicht sehen konnte. „Ich werde bieten, wann immer mir danach ist, aber ich kann nicht garantieren, dass ich auf ihn bieten werde. Er ist wirklich nichts für mich, und ich sehe einfach keinen Grund, warum ich das tun sollte."

Natalie sah sie stirnrunzelnd an. „Okay, es ist deine Entscheidung, aber du weißt, was ich denke. Ich finde nur, es wäre eine gute Idee. Wenn du jemanden ersteigerst, willst du dann morgen dekorieren? Wenn du es morgen machst, hast du noch zwei Wochenenden, bis der Weihnachtsmann kommt. Das wäre doch toll!"

„Das wäre es. Ich würde denjenigen alles aufhängen lassen, aber wenn ich den Zuschlag nicht bekomme, werde ich wahrscheinlich nicht dekorieren. Es ist einfach zu viel Arbeit für mich allein."

„Ich weiß, deshalb sage ich: Biete, damit du jemanden bekommst, und morgen wird es für dich erledigt."

Sie hatte jahrelang nicht dekoriert, nachdem ihr Vater gestorben war, doch dann hatte sie irgendwann im Gedenken an ihn wieder angefangen zu dekorieren und hatte nicht aufhören können. Doch dieses Jahr hatte sie einfach nicht die Energie; bei all den Patienten, die sie hatte, war sie einfach zu müde. Sie hatte gebetet, die Situation würde ich vielleicht über die Feiertage bessern, und gestern war es tatsächlich ein bisschen ruhiger gewesen. Doch heute war sie verspätet zur Party gekommen, und jetzt wurde ihr bewusst, dass sie vielleicht einen Cowboy ersteigern würde, der morgen ihr Haus schmücken könnte.

„Danke, dass du dich so um mich sorgst. Du weißt, dass du was ganz Besonderes für mich bist. Ich bin sehr dankbar, dich als Freundin zu haben."

Natalie umarmte sie. „Und ich bin sehr dankbar, dich als Freundin zu haben. Der Tag, an dem du als unsere Tierärztin in die Stadt gekommen bist, war ein großartiger Tag. Ich wünsche mir sehr, dass du einen Partner findest und so glücklich wirst, wie du es verdient hast."

„Danke, aber das wird heute Abend nicht passieren. Oder morgen. Wenn ich biete, dann nur, um jemanden zu ersteigern, der mir hilft."

KAPITEL VIER

Jake trank einen Schluck von seinem Punsch und blickte gerade noch rechtzeitig nach links, um zu sehen, wie Hanna und Natalie hinter einer Gruppe von Gästen verschwanden. Er erhaschte einen Blick auf ihr hübsches rotes Kleid und dachte sofort an ein Weihnachtsgeschenk – nicht ganz so, wie er sie sehen wollte. Im Gehen bemerkte er auch ihre hübschen Beine.

Warum schenkte er ihren Beinen Beachtung?

Meine Güte, seit er ihr auf der Hochzeit begegnet war, nachdem er das Strumpfband gefangen und dann zu dieser Auktion ja gesagt hatte, kamen ihm immer wieder seltsame Gedanken.

Er drehte sich um und hoffte, sie aus seinem Kopf verdrängen zu können.

DES MILLIARDENSCHWERER
COWBOY ZU VERSTEIGERN

„Du siehst besorgt aus." Bret musterte ihn.

Er zog eine Augenbraue hoch. „Vielleicht kannst du auf mich bieten, wenn ich da hochgehe. Dann würde vielleicht jemand auf mich bieten, der vielleicht wirklich Hilfe braucht, oder jemand, der bereit ist, viel zu zahlen, um dem guten Zweck zu helfen. Es ist wirklich für eine gute Sache."

„Es wäre irgendwie falsch, wenn ich bieten würde."

Jake seufzte. „Dann werde ich die Tanners eben allein vertreten. Wenn Austin heute Abend nicht zur Arbeit gerufen worden wäre – wovon ich immer noch vermute, dass er das absichtlich so gedreht hat, hätte ich ihn vielleicht überreden können, auch da hochzukommen. Er würde sicher eine nette Summe einbringen, da bin ich mir sicher."

Bret lachte. „Ja, weißt du, er war unser engagiertester Arbeiter auf der Ranch, bevor er sich in den Kopf gesetzt hat, Arzt zu werden. Danach mussten wir für ihn einspringen."

Sie lachten beide, weil Austin mit harter Arbeit auf der Ranch aufgewachsen war, doch seit er Notarzt geworden war, half er zwar gerne auf der Ranch, wenn er konnte, doch dazu kam er nicht oft.

„Du wirst es schon gut machen, da bin ich mir sicher", ermutigte Bret ihn.

Einige ihrer Freunde kamen herüber, um sich zu unterhalten, und sie begannen ein intensives Gespräch darüber, was sie alle zu Weihnachten vorhatten.

Einer der alleinstehenden Rancher, die sie kannten, sah ihn an und grinste. „Ich habe gehört, du wirst versteigert. Ich auch. Ich hoffe, dass jemand, der es wert ist, sich mit ihr zu verabreden, genug von mir hält, um auf mich zu bieten. Das könnte eine wirklich interessante Art sein, eine Frau kennenzulernen. Ich meine *meine* zukünftige Frau."

„Oh ja, ich will nicht, dass irgendjemandes Ehefrau für mich bietet", sagte Jake und lachte mit den anderen Jungs.

„Das habe ich offensichtlich falsch ausgedrückt."

„Offensichtlich. Ich hoffe, du bekommst, was du willst." Jake entschied, dass er was zu trinken und etwas Abstand brauchte, also entschuldigte er sich und ging zur Schlange am Getränketisch hinüber. Er holte sich seinen Punsch und wollte gerade gehen, als Hanna aus der Menge auftauchte. Wieder einmal blickte sie über die Schulter in die falsche Richtung. Er schaffte es noch, sein Getränk weit von sich wegzuhalten, als sie erneut mit ihm zusammenstieß.

Hanna schnappte nach Luft und starrte Jake an. „Nicht schon wieder. Was mache ich nur? Das tut mir leid. Normalerweise renne ich keine Leute um, und dich erwische ich in weniger als einer Woche zweimal."

Er lächelte. „Na ja, ich muss sagen, dass ich zumindest das Glück hatte, dich kommen zu sehen und dich vor einem Sturz bewahren zu können."

Sie holte tief Luft. „Danke. Ich habe gehört, du wirst versteigert? Und darfst als Dienstleistung das Haus des Gewinners dekorieren."

„Ja. Sie haben mich dazu überredet. Aber zum Glück schmücke ich gerne zu Weihnachten, und ich muss morgen nicht auf der Ranch arbeiten – nicht, dass sie mich brauchen würden. Wir haben genug Leute, doch das hier ist für einen guten Zweck. Ich helfe gerne. Und das Geld geht an jemanden, der zu Weihnachten

Hilfe für seine Familie braucht."

Sie starrte ihn an und lächelte dann. „Du weißt also, wofür sie es machen. Das ist schön. Ich habe viele Leute darüber sprechen hören, dass sie auf dich bieten wollen, also solltest du einen wirklich guten Preis erzielen, und dann wirst du jemandem den Tag versüßen. Das ist doch schön. Viel Glück dabei!"

Er musterte sie und nickte dann. „Danke. Ich schätze, wir sehen uns später."

„Ich werde da sein, es sei denn, ich werde zu einem Notfall gerufen." Sie nickte ihm zu und ging dann. Dabei zog sich ihre Brust zusammen, und ihr Magen drehte sich. Das war einfach lächerlich. Sie musste sich in den Griff bekommen, wenn sie ihm begegnete, auch wenn sie definitiv vorhatte, diese Begegnungen von jetzt an auf ein Minimum zu reduzieren.

Jake hatte den Abend tatsächlich genossen. Obwohl er nach dem Gespräch mit Hanna dafür gesorgt hatte, dass sie sich nicht noch einmal über den Weg liefen. So musste es sein. Er unterhielt sich mit Leuten, die er oft sah, und einigen, die er nur hin und wieder auf Partys wie dieser traf.

Dann sah Jake, wie Natalie ans Mikrofon trat, nachdem die Band ihren Song beendet hatte. Alle wandten sich der Bühne zu. Er wusste, was gleich passieren würde.

„Es ist Zeit für unser besonderes Event! Freut ihr euch schon alle darauf, auf einen Weihnachtsdeko-Helfer zu bieten? Wir haben sechs reizende Cowboys, die sich bereit erklärt haben, morgen ihre Zeit zur Verfügung zu stellen, um der Frau zu helfen, die sie heute Abend ersteigert. Lew Sander wird unser Auktionator sein."

Lew war auf die Bühne gekommen und winkte, als sie ihn vorstellte.

Natalie lächelte und sah dann Jake an. „Also möchte ich jetzt ohne weitere Umschweife Jake Tanner auf die Bühne bitten, damit wir mit den Geboten anfangen können."

Er war der Erste. Jake straffte seine Schulter, setzte ein charmantes Lächeln auf – zumindest hoffte er, dass es charmant war – und ging die Stufen hinauf. Er schenkte Natalie ein Lächeln und drehte sich dann um und strahlte das Publikum an. Alle waren guter Laune, und er entdeckte seine Brüder und Schwägerinnen, die alle zusammenstanden und es sichtlich genossen, zuzusehen, wie er versteigert wurde. Und dann erschrak er, als er bemerkte, dass sich eine Gruppe alleinstehender Frauen mitten auf der Tanzfläche vor ihm versammelt hatte. Sie grinsten, und sein Magen zog sich zusammen, doch er lächelte weiter.

Der Auktionator grinste zuerst ihn, dann die Frauen an. „Dann lasst uns mit der Versteigerung anfangen." Lew forderte die Frauen auf, mit den Geboten zu beginnen, und dabei nicht zu vergessen, dass das hier für einen guten Zweck war.

Hanna stand am Rande der Menge, als die Auktion begann, und zu ihrem Entsetzen pochte ihr Herz, seit Jake die Bühne betreten hatte. Ihre Nerven begannen zu flattern, als sie beobachtete, wie sich die Singlefrauen automatisch in die Mitte der Menge bewegten. Alle himmelten ihn förmlich an.

DES MILLIARDENSCHWERER
COWBOY ZU VERSTEIGERN

Sie war zufällig relativ weit vorn und konnte sie alle gut sehen. Sie hatte mit vielen Leuten gesprochen, die gesagt hatten, er sei der große Magnet des Abends. Und deshalb sollte er zuerst versteigert zu werden. Wenn sie eine große Spende für ihn bekämen, dann würden sie hoffentlich auch für die anderen ordentlich Geld bekommen. So wollten sie vermeiden, dass alle potentiellen Bieterinnen abwarteten, um auf Jake zu bieten.

Sie fand das sinnvoll. Es war am besten für alle, wenn Jake zuerst versteigert wurde. Als das Bieten begann, war sie überwältigt, weil die Gebote für Jake bei fünfundsiebzig Dollar begannen und schnell auf hundert Dollar stiegen. Und weiter anstiegen und bald schon zweihundert Dollar erreichten. Was noch im Rahmen war, denn es war Dezember, und viele Leute spendeten gern für Bedürftige. Doch das war eine Gruppe von Singlefrauen in einer Kleinstadt, und sie hatte das ungute Gefühl, dass die Versteigerung bald zu Ende gehen würde. Das nächste Gebot waren zweihundertfünfundzwanzig Dollar. Plötzlich trat sie vor und hob die Hand, um selbst ein Gebot abzugeben.

Sofort drehten sich die fünf Frauen, die geboten hatten, um und funkelten sie an. Sie zuckte zusammen, nicht ganz sicher, was um alles in der Welt sie getan hatte. Sie zuckte mit den Schultern. Als sie aufblickte, begegnete sie Jakes erschrockenem Blick.

Der Auktionator rief ihr Gebot aus und bat um ein noch höheres Gebot, das prompt abgegeben wurde. Als er es weiter in die Höhe trieb, hob Hanna die Hand und tat es noch dreimal, während die anderen Frauen ihr nachboten. Schließlich waren bis auf drei der anderen Frauen alle ausgestiegen, und jetzt hörten zwei von ihnen auf zu bieten. Die noch bietende Frau wirkte angespannt – ein gutes Zeichen für Hanna. Das Gute daran, Tierärztin zu sein war, dass sie Geld zu spenden hatte. Und als er um ein Gebot von zweihundertsechzig Dollar bat, hob sie ihre Hand und rief: „Ich biete dreihundert Dollar."

Die andere Frau schüttelte den Kopf und schwieg.

Hanna hat Jake ersteigert, doch sie fragte sich, was um alles in der Welt gerade passiert war.

KAPITEL FÜNF

Hanna hatte ihn ersteigert.

Jake war gelinde gesagt fassungslos, als er ihrem verlegenen Blick in der Menge begegnete. Sie sah aus, als hätte sie ihn eigentlich nicht ersteigern wollen. Wenn er gefragt worden wäre, wer nicht auf ihn bieten würde, wäre sie ganz oben auf der Liste gewesen. Warum also hatte sie es getan?

Das war wirklich seltsam, doch er merkte, dass ihn das Ergebnis nicht störte. Er würde ein bisschen Unterhaltung bekommen, selbst, wenn er wusste, dass sie sich nicht für ihn interessierte, und doch hatte sie aus irgendeinem seltsamen Grund, den er noch herausfinden wollte, alle anderen überboten. Morgen würde ein lustiger Tag werden. War er seltsam, weil er sich darauf freute? Vielleicht, aber na ja, man musste eine Situation eben manchmal aus einem anderen Blickwinkel betrachten.

Sie wurde auf die Bühne gerufen und sie trat neben ihn, um ihm die Hand zu schütteln. „Ich denke, wir werden gut zusammenarbeiten." Sie lächelte gezwungen, sehr offensichtlich gezwungen.

Er grinste, dann lachte er. „Ja, das werden wir in der Tat." Sie tat so, als hätte sie ihn nicht ersteigern wollen. Das war verwirrend.

Es war Zeit für die Versteigerung des nächsten Cowboys, also verließen sie die Bühne, damit die Auktion fortgesetzt werden konnte, doch er spürte, dass ihnen viele Blicke folgten. Er fragte sich, ob sie wusste, welche Klatschlawine sie wahrscheinlich gerade losgetreten hatte. Er wusste zumindest, dass er viele Fragen würde beantworten müssen.

„Was hast du für mich zu tun?", fragte er. Sie ging rasch in Richtung Ausgang, als wollte sie gehen, also beschloss er, schnell zu fragen.

Sie blieb stehen und drehte sich zu ihm um. „Ähm, ich … ich hatte in letzter Zeit so viel zu tun, dass ich nichts gemacht habe, keine Lichter am Haus, kein Baum. Nichts. Als sie mich also gebeten haben, mitzubieten …"

„Sie haben dich *gebeten*, mitzubieten?" Das war eine totale Überraschung.

„Ja, sie wollten dafür sorgen, dass viele Leute bieten. Also habe ich zugestimmt."

Das war es also. „Ich hatte mich schon gefragt, warum du auf mich bietest. Es war eine Überraschung, als ich deine Stimme gehört habe."

„Es ist einfach so passiert. Aber wie auch immer, komm einfach, wann du willst. Es wäre nett, wenn du die Lichterketten am Haus anbringen könntest. Ich hole sie raus und habe morgen auch frei, es sei denn, es gibt einen größeren Notfall, also sollte ich da sein, um zu helfen. Wenn ich einen Baum hätte, würde ich anfangen, ihn aufzustellen, aber das muss warten. So wird wenigstens die Fassade geschmückt, denn wenn ich niemanden dafür hätte, hätte ich dieses Weihnachten wahrscheinlich gar nicht dekoriert."

„Ich dekoriere zu Hause auch nicht. Meine Familie hat sämtlichen Weihnachtsschmuck, und da werde ich an Weihnachten sein. Warum soll ich zu Hause einen

Baum aufstellen, wenn ich ihn dann nur sehe, wenn ich zum Schlafen nach Hause komme?"

„Das denke ich auch. Ich bin mit meiner normalen Arbeitszeit schon kaum zu Hause, und dann kommen noch die Notfälle in der Nacht dazu. Wenn ich zu Hause bin, schlafe ich. Ich denke, ich muss eine Tierarzthelferin oder einen zweiten Tierarzt einstellen, mit dem ich mich abwechseln kann. Nächstes Jahr werde ich es wahrscheinlich nicht mehr allein schaffen. Um ehrlich zu sein, so schwer es auch für euch alle ist mit euren Tieren, es ist ein Segen, so viele Patienten zu haben. Meine Praxis wächst schneller als ich erwartet hatte."

„Hier gibt es viele Tiere"

„Ja, das habe ich auch bemerkt. Wie ich schon sagte, komm' einfach, wann du willst. Ich stehe früh auf und koche uns einen Kaffee."

„Hört sich gut an. Ich werde wahrscheinlich um acht da sein."

„Wenn das für dich funktioniert, funktioniert es auch für mich."

Er lachte. „Wirklich, wie wäre es dann um sechs? Dann habe ich genug Zeit, meinen Kaffee zu trinken, bevor ich anfange."

Als sie kicherte und ihre Augen aufleuchteten, zog sich seine Brust zusammen.

„Acht ist schon gut", sagte sie und lächelte immer noch, während sie sich umdrehte und ging.

Jake sah ihr nach, und zu seiner Überraschung ging sie in die Garderobe, holte ihren Mantel und ging dann zur Tür hinaus. Sie blieb nicht für den Rest der Party. Lag das etwa an ihm?

So vermied sie definitiv all die Fragen, von denen sie wusste, dass sie gekommen wären, wenn sie geblieben wäre. Zu gehen war keine schlechte Idee. Doch wenn er im selben Moment ging, würden die Leute bemerken, dass sie gleichzeitig verschwunden waren, und das wäre Wasser auf die Mühlen der Gerüchteküche, die wahrscheinlich sowieso schon Überstunden machte. Er fragte sich, ob sie sich des Geredes, das sie damit ausgelöst hatte, überhaupt bewusst war.

Zu Hause angekommen starrte Hanna von ihrer Terrasse zum Mond hinauf. Sie hatte den Verstand verloren.

Warum hatte sie ausgerechnet auf ihn geboten? Der Mond schien zu schaudern, als sie ihn anstarrte, sie schauderte auch, als sie daran dachte, was sie getan hatte.

Jake hatte eine Art an sich, die ihr unter die Haut ging, ihre Eingeweide verknotete und sie vollkommen durcheinander bringen konnte. Sie konnte es einfach nicht fassen. Als sie diese zwei Male ausgegangen waren, hatte sie beim ersten Mal nicht gewusst, wie sie reagieren würde, und dann das zweite Mal, als er sie um ein Date bat, hatte ein Teil von ihr gehofft, sie hätte sich geirrt, sie waren doch nicht vollkommen falsch füreinander. Sie hatte ihm noch eine Chance gegeben, und es war eine totale Katastrophe gewesen.

Sie waren auf einen Jahrmarkt gegangen, er hatte ihre Hand gehalten und hatte den größten Teil des Abends Witze gerissen. Er war amüsant gewesen und hatte sie mit seinem Humor entspannt und zum Lächeln gebracht. Allerdings wirkte er so extrem locker, dass er desinteressiert an irgendetwas Ernstem schien. Bei ihr kam es als Nachricht an, dass er nur an lockerem Daten interessiert war.

DES MILLIARDENSCHWERER COWBOY ZU VERSTEIGERN

Als er sie an diesem Abend nach Hause gebracht und sich vorgebeugt hatte, um sie zu küssen, war sie einen Schritt zurückgewichen, um seinem Kuss zu entgehen, obwohl ein Teil von ihr ihn sehr gerne erlebt hätte. Er hatte sie gefragt, ob sie wieder ausgehen wolle, und sie hatte ihm erklärt, dass sie auf der Suche nach einer ernsthaften Beziehung ausgegangen sei, und obwohl sie einen lustigen Abend gehabt hatte, war es offensichtlich, dass er nur auf Spaß aus war. Er hatte ein bisschen schockiert ausgesehen, als sie gute Nacht gesagt und sich dann schnell umgedreht hatte und hineingegangen war.

Sie war emotional verwirrt gewesen, weil sie sich stark zu ihm hingezogen fühlte, doch sie war nicht an lockerem Daten interessiert. Drinnen hatte sie selbst eine Predigt darüber gehalten, wie wenig sie sich für zwanglose Dates interessierte. Sie ging nur mit Männern aus, zu denen sie sich hingezogen fühlte und die das Potenzial hatten, ihr Ehemann zu werden. Offensichtlich gehörte er nicht in diese Kategorie, da er nicht am Heiraten interessiert war.

Nach diesem Abend war sie ihm absichtlich aus

dem Weg gegangen, und sie hatte manchmal das Gefühl, dass er ihr auch aus dem Weg ging.

Er rief nie wieder an, bat sie nie wieder um ein Date, und sie war erleichtert gewesen, weil sie das daran gehindert hatte, ihm zu sagen, dass sie nicht wieder mit ihm ausgehen wollte. Sie hatten einander für den Rest des Jahres gemieden, abgesehen von den wenigen Malen, die sie sich um einen Notfall auf seiner Ranch gekümmert hatte. Doch obwohl sie häufig da raus musste, hatte sie ihn verhältnismäßig selten gesehen. Es war ihr klar geworden, dass er nicht da war, wahrscheinlich weil er sich entschieden hatte, nicht da zu sein, wenn sie kam.

Und jetzt würde er kommen, um ihr Haus zu schmücken.

Sie machte sich bettfertig, legte sich hin und zog die Decke über sich. Sie war zu aufgewühlt, um zu schlafen, doch sie wusste, wenn sie lange genug im Bett liegen würde, würde sie irgendwann schon einschlafen. Selbst wenn es nur ein paar Stunden waren, musste sie wenigstens ein bisschen schlafen. Sie würde es brauchen.

DES MILLIARDENSCHWERER
COWBOY ZU VERSTEIGERN

Als ihr Wecker um sieben klingelte, war sie schon wach. Sie war gegen sechs Uhr aufgewacht und hatte sich sofort nach Kaffee gesehnt. Doch sie zog sich zuerst an, rannte dann in die Küche und stellte die Kaffeemaschine an, bevor Jake kam. Sie hatte einen dicken Pullover angezogen, weil sie wusste, dass es heute kalt werden sollte. Gestern Abend hatte sie sich extra den Wetterbericht angesehen. Man wusste nie, wie warm oder kalt es in Texas sein würde. Es konnte zwanzig Grad am einen Tag sein und am nächsten Tag nur zehn.

Nachdem sie sich die Zähne geputzt und die Haare gebürstet hatte, cremte sie sich ein und verteilte ein bisschen Make-up. Es sollte helfen, ihr Gesicht vor der kalten Luft draußen zu schützen. Sie wollte ihre Haut nicht schädigen – außerdem schmeichelte das Make-up ihr ein wenig – nicht, dass sie sich darum sorgte, für jemanden gut aussehen zu müssen. Jedenfalls nicht für Jake.

Nur weil nichts zwischen ihnen lief, hieß das nicht, er solle sie nicht für umwerfend halten. Stirnrunzelnd eilte sie zurück in die Küche, goss sich eine Tasse

Kaffee ein und trank einen Schluck von dem heißen, starken Gebräu.

Sie wollte Jake nicht. Sie hatte aufgehört, mit ihm auszugehen, also warum hatte sie so viel Geld für ihn geboten? Vielleicht verlor sie den Verstand; ja, vielleicht war das alles. Sie ging im Haus auf und ab, sah auf ihre Uhr und stellte dann fest, dass sie vor lauter Stress nicht einmal nach oben gegangen war, um ihren Weihnachtsschmuck herunterzuholen. Sie hatte noch zehn Minuten, bevor er eintreffen sollte. Sie trank noch einen Schluck Kaffee und rannte dann zur Treppe. Hoffentlich schaffte sie es, die Lichterketten zu holen, bevor er ankam. Sie eilte die Treppe hinauf und öffnete die Tür des Gästeschlafzimmers. Ihr Herz hämmerte, als sie Kisten aus dem Schrank holte. Gott sei Dank fand sie schnell die große Kiste, in der sich die Außenbeleuchtung befand.

Sie hatte dieses Haus noch nie geschmückt und hoffte, dass sie genug Lichterketten hatte. Sie hob die Kiste auf und hatte gerade die Treppe erreicht, als es an der Tür klopfte. Da sie wusste, dass sie es damit nicht schnell nach unten schaffen würde, stellte sie die Kiste an der Treppe ab und eilte hinunter. Sie nahm ihre Tasse Kaffee und trank einen Schluck, bevor sie zur Tür ging. Während sie sie öffnete, fing ihr Herz an, gegen ihre Rippen zu pochen.

Das war verrückt. Sie musste ihre Nerven unter Kontrolle bekommen.

Jake hielt eine Tüte mit irgendetwas in der Hand, und er grinste unter seinem hellbraunen Hut hervor. Und ihr Herz, ihr verrücktes Herz, schlug Purzelbäume. Meine Güte, sie hatte den Verstand verloren.

„Guten Morgen, Boss. Auf dem Weg hierher habe ich am Diner angehalten und ein paar Frühstückswraps für uns geholt. Kaffee hab ich nicht mitgebracht, du hattest ja, du schüttest welchen auf. Das Essen ist quasi der Tausch für eine Tasse Kaffee."

Sie war erschüttert von seinem Lächeln, also wich sie zurück und zog die Tür weiter auf. „Hört sich gut an. Komm rein." Dankbar, dass sie nicht nervös klang, schloss sie die Tür hinter ihm.

Sie ging voraus in die Küche, die zum Wohnzimmer hin offen war. Der Kamin gegenüber der Couch ließ den Raum zusätzlich ein wenig wärmer wirken, wenn er eingeschaltet war. Im Moment war er aus, und ihr war kalt, nachdem sie ihm die Tür aufgehalten hatte.

Er stellte die Tasche auf den Tresen. „Hübsches Zimmer."

Sie fröstelte ein wenig. „Danke. Ich hole deinen Kaffee. Willst du Sahne oder Zucker?"

„Ich trinke meinen schwarz. Ist dir kalt?"

Sie warf ihm einen Blick über die Schulter zu. „Ehrlich gesagt ja. Ich schalte den Kamin gleich ein."

Er ging zum Kamin. „Ich mache das, während du mir Kaffee einschenkst. Das ist das Mindeste, was ich tun kann."

Sie beobachtete ihn, wie er das Ventil aufdrehte, das die Gaszufuhr im Kamin regelte, dann nahm er die Streichholzschachtel vom Kaminsims und holte ein Streichholz heraus. Innerhalb von weniger als einer Minute stiegen die Flammen auf. Als sie das Haus gekauft hatte, hatte sie es teilweise deshalb getan, weil es viel einfacher war, einen Gaskamin als ein Holzfeuer anzuzünden. Offensichtlich wusste er auch, wie es funktionierte. Sie beeilte sich, ihm Kaffee einzugießen, da sie ihn beobachtet hatte. Sie trug die Tasse zum Küchentresen und stellte sie ab, während er sich auf einem Barhocker niederließ und lächelte.

Sein unglaubliches Lächeln.

Er trank einen Schluck, stellte die Tasse dann ab und griff nach der Papiertüte. „Nimm dir, was du willst. Sie machen gute Frühstückswraps."

„Finde ich auch. Ich hole sie mir morgens, wenn ich zwischen Notrufen oder auf dem Weg zur Arbeit was essen muss. Danke."

„Du arbeitest wirklich viel. Manchmal sieht es aus, als könntest du Hilfe gebrauchen. Ich weiß, dass du, als du rausgekommen bist, um uns mit dem abgemagerten Pferd zu helfen, das wir auf Bitte des Sheriff's Departments aufgenommen haben, schon einen normalen Tag in der Klinik hinter dir hattest. Und ich weiß, dass du ein manchmal, wenn du draußen auf der Ranch warst, fast die ganze Nacht durchgemacht hast. Ich weiß nicht, wie du das schaffst." Er biss von seinem Wrap ab und hielt ihren Blick.

Sie war einen Moment lang nachdenklich, denn was er sagte, war wahr. „Als ich die Praxis aufgemacht habe, wusste ich nicht wirklich, wie viel Arbeit mich erwarten würde, also habe ich außer meiner Rezeptionistin niemanden sonst eingestellt. Ich war platt, wie beschäftigt ich fast sofort war. Um ehrlich zu sein, habe ich darüber nachgedacht, eine Anzeige für einen weiteren Tierarzt zu schalten. Ich bin im Moment ziemlich erschöpft und habe nicht den Eindruck, dass sich das ändern wird."

„Ich fand schon, dass du irgendwie müde aussahst, aber ich wollte nichts sagen. Es geht mich nichts an, aber du hast eine große Praxis, und jemanden zu suchen scheint mir richtig. Wie kommt's, dass du heute nicht arbeiten musst?"

„Ich habe einen Vertrag mit einer Praxis, die einspringt, wenn ich wirklich einen freien Tag brauche. Oder wenn es einen Notfall gibt und ich nicht wegkann, um bei einem weiteren Notfall zu helfen. Die Praxis, aus der sie kommen, ist in Blanco."

„Verstehe. Ich denke, ich sollte langsam mit deinen Lichtern anfangen." Er stand auf.

Sie folgte ihm. „Oh, ich habe gestern Abend tatsächlich vergessen, die Kiste runterzubringen, also habe ich genau das tun wollen, als du angeklopft hast. Die Kiste ist oben an der Treppe. Ich gehe schnell hoch und hole sie."

„Ich mach' das schon. Iss du in Ruhe dein Frühstück auf." Er drehte sich um, ging durchs Wohnzimmer und die Treppe hinauf.

Der Mann hatte einen erstaunlichen Körperbau, und sie starrte ihn an. Am liebsten hätte sie sich geohrfeigt und sich ermahnt, mit dem Starren aufzuhören. Stattdessen biss sie in ihren Wrap und trank einen großen Schluck Kaffee, ging dann zur Haustür und öffnete sie für ihn. Als er die Kiste auf dem Verandatisch vor der Schaukel abgestellt hatte, hatte sie einen weiteren Schluck Kaffee getrunken, weil sie das Koffein dringend brauchte, um wach zu werden. Dann stellte sie die Tasse auf das Geländer und sah zu, wie er den Deckel von der Kiste nahm.

„Ich bin mir nicht sicher, wie viele Lichterketten ich da drin habe. Das Haus, das ich vorher gemietet habe, war kleiner als das hier, ich hoffe also, es reicht zumindest für die Vorderseite des Hauses. Ich bin mir nicht sicher, ob wir die Seite auch machen können.

Wenn nicht, ist auch nicht so schlimm, dann freue ich mich einfach über die Lichter, die wir haben."

Er spielte mit einer Kette und sah sie an. „Oder ich fahre los und kaufe welche, komme dann zurück und mache das für dich fertig. Das ist der Job, für den du all das Geld bezahlt hast."

„Wenn das okay für dich ist, hört sich das gut ab, aber hoffentlich ist mehr in der Kiste, als ich fürchte."

„Ich habe auch mein Werkzeug mitgebracht, falls du nicht alles hast, was ich brauche."

„Wow, du bist gut vorbereitet." Sie ging die Stufen vor dem Haus hinunter und drehte sich mit den Händen in den Hüften um, während sie zum Dach aufblickte. „Zum Glück ist es ein kleines Haus, und es sollte nicht allzu schwer sein. Aber mit ein paar bunten Lichtern wird es hübsch aussehen."

Er ging hinunter, um sich neben sie zu stellen. „Ich finde es nett, und mit ein paar Lichtern wird es richtig gut aussehen. Also fange ich jetzt besser an. Willst du die Lichter an den üblichen Stellen, da quer über die Vorderseite und oben auf dem Zwerchgiebel über der Veranda? Wir können noch mehr holen, um bis zum

DES MILLIARDENSCHWERER
COWBOY ZU VERSTEIGERN

First hochzukommen. Und ich bin sicher, dass du auch eine Veranda hinterm Haus hast. Wenn du willst, dass ich da weitermache, holen wir genug, um die auch zu schmücken."

Sie starrte ihn an. „Ich habe ein richtig schlechtes Gewissen, weil ich ehrlich gesagt davon ausgegangen bin, dass du einfach alles Erforderliche tun und dann von hier verschwinden würdest."

Jake zuckte mit den Schultern. „Eins musst du bei mir wissen. Wenn ich mich zu etwas verpflichtet habe – und das habe ich – mache ich es auch richtig. Außerdem hast du viel Geld gespendet. Ich will nicht, dass jemand schlecht über mich redet, weil ich meine Arbeit nicht richtig mache. Nicht, dass es mir was ausmacht, wenn jemand schlecht über mich reden will, aber es gibt *mir* ein gutes Gefühl, wenn dir gefällt, was ich gemacht habe."

Sie holte tief Luft und atmete langsam aus. „Das ist eine gute Einstellung, und ich bin gespannt, was du vorhast. Lass mich nach oben gehen und den Schmuck fürs Wohnzimmer holen. Das kann ich machen, während du arbeitest, oder soll ich dir draußen helfen?

Du musst ja auf die Leiter – soll ich bei der Leiter stehen und aufpassen, dass du nicht runterfällst?"

„Nein, ich werde schon nicht fallen, und wo wir gerade von Leiter sprechen, ich habe eine mitgebracht, falls du keine hast."

Sie schloss die Augen und stieß einen tiefen Seufzer aus. „Oh Gott, ich habe wirklich keine. Man merkt, dass ich eine lange Woche hatte und mein Verstand müde ist. Ich habe einfach an nichts gedacht. Also danke." Sie eilte die Stufen hinauf und ins Haus und fühlte sich wie ein Idiot. Wie konnte sie das nur vergessen?

Wenn sie Glück hatte, würde er hoffentlich nur denken, dass sie nicht genug geschlafen hatte.

KAPITEL SECHS

Er schmunzelte, als sie ins Haus zurückging. Sie war offensichtlich verlegen, da sie sehr offensichtlich müde war. Sie hatte zu viel gearbeitet und brauchte Hilfe. Auf ihren Dates hatten sie nicht viel über ihre Praxis gesprochen, doch zu der Zeit war sie auch nicht so beschäftigt gewesen wie jetzt. Damals war sie gerade erst nach True Love gekommen, und das Jahr war schnell vergangen und ihre Praxis war genauso schnell gewachsen. Er wusste, dass sie auch weiterhin viel zu tun haben würde, weil sie hier sehr gebraucht wurde.

Er ging zu seinem Truck und lud seine Leiter ab. Dann brachte er sie zum Haus und stellte sie auf. Zum Glück war der Boden ziemlich hart, und er musste sich keine Sorgen um einen unsicheren Stand machen. Er ging zur Veranda, holte die Lichterketten und stellte fest, dass er einen Stecker brauchte, damit er sich vergewissern konnte, dass sie auch funktionierten, bevor er sie aufhängte. Er sah sich um, fand eine Steckdose auf der Veranda und steckte eine Lichterkette nach der anderen ein. Er war überrascht, dass alle funktionierten. Als er die bunten Lichter sah, dachte er, dass das Haus richtig gut aussehen würde. Als er angekommen war, hatte er überlegt, welche Lichter sie wohl hatte, weiße oder bunte. Bunte mochte er selbst am liebsten.

Er kletterte die Leiter hinauf und machte sich daran, die erste Lichterkette anzubringen: Er schlug Nägel ein, bog sie über die Lichterkette, um sie zu fixieren, und dann würde er den nächsten Abschnitt befestigen. Er konnte zwei Abschnitte der Lichterkette befestigen, die jeweils von zwei Nägeln gehalten wurden, dann musste er hinunterklettern und die Leiter verschieben. Als er zum vierten Mal hinuntergeklettert war und die Leiter fast am Ende der Dachvorderseite stand, kam Hanna heraus.

Sie ging zu ihm, als er die Leiter wieder

hinaufkletterte. „Bist du sicher, dass ich dir nicht helfen kann? Ich könnte dir die Lichterkette reichen …" Sie hörte für einen Moment auf zu reden, und ihr Gesicht wurde ernst. „Nein, das wird dir nicht wirklich helfen, weil du sowieso von der Leiter runter musst."

Er grinste, angezogen von ihrem Angebot und dem Ausdruck auf ihrem Gesicht. „So ist es. Ich muss sowieso von der Leiter runter, darum brauchst du nicht zu helfen. Aber es ist dein Haus, also kannst du gerne helfen, wenn du das unbedingt möchtest."

„Nein, ich lasse dich das machen. Ich habe nur ein paarmal aus dem Fenster geschaut und mir war komisch dabei, dich so hoch- und runterklettern zu sehen. Und, na ja, du siehst aus, als würdest du gleich mit dem Teil anfangen, der da vom Bogen aus noch weiter hochgeht, also dachte ich, ich könnte irgendwie helfen. Es sieht gefährlicher aus."

„Ich muss die Leiter ein Stück weiter hoch, wenn ich da hinkommen will, und mich ein bisschen mehr strecken. Aber das ist schon okay."

„Weißt du was?" Sie kam näher. „Ich bin Tierärztin und behandle viele verletzte Tiere, nicht dass du ein Tier wärst, aber ich fühle mich besser, wenn ich dabei die Leiter festhalte, damit du dich nicht verletzt."

Er zuckte mit den Schultern und schenkte ihr ein Lächeln. „Dann mach das. Ich meine, ich arbeite hier für dich, wenn du mich also sichern willst oder wie auch immer du es nennen willst, dann tu das."

Sie begegnete seinem Blick, nickte und wirkte unbehaglich. Das war wirklich unterhaltsam. Sie waren so seltsam zusammen. So viel mehr als alles, was er sich je vorgestellt hatte. Er hämmerte den Nagel um die Lichterkette herum ein, lehnte sich dann ein Stück weit zur Seite und wiederholte es. Er hatte die Ecke erreicht, also kletterte er die Leiter hinunter und war ein wenig irritiert von den Gedanken, die ihm durch den Kopf gingen, als er neben ihr auf den Boden trat.

„Ich gehe jetzt um die Ecke rum, und dann mache ich mich an die Lichter oben."

„Und ich werde die Leiter für dich halten."

Er nickte, dann stellte er die Leiter um und vergewisserte sich, dass er genug Nägel in der Tasche hatte, bevor er den ersten Teil der steilen Dachlinie hinaufkletterte. Sie hielt die Seiten der Leiter fest, und da die Dachkante mit drei Metern recht niedrig war, war ihr Kopf auf gleicher Höhe mit seinen Hüften, als er auf sie hinunterblickte. Sie sah zu ihm auf, und er dachte, er würde irre, denn er merkte, dass er sie den ganzen Tag hätte ansehen können. Irgendetwas an dieser Frau zog ihn einfach an.

Er wandte den Blick ab und wusste, dass diese Art von Gedanken ihm nur Ärger einbringen würde. „Du machst das gut da unten", sagte er, während er arbeitete. „Ich fühle mich so sicher wie lange nicht." Er neckte sie? Was in aller Welt tat er da?

„Na ja, wenn das so ist, weil ich hier unten stehe, bin ich froh. Wackle nur nicht zu sehr auf der hohen Leiter, sonst landest du womöglich trotzdem im Krankenhaus."

Er hämmerte einen Nagel ein und bog ihn dann um die Lichterkette. „Wenn ich falle, musst du das hier fertig machen, also halt' mich gut fest."

Seine Gedanken wanderten zurück zu ihren beiden Verabredungen. Er hatte gedacht, dass sie gut zueinander passen würden, beide waren vielbeschäftigt und brauchten einfach eine Auszeit. Doch etwas an ihren Fragen hatte ihm gesagt, dass sie nicht nach einem Typen wie ihm suchte. Einem Typen, der im Moment einfach nur darauf aus war, sich zu amüsieren. Sie war auf der Suche nach einem Ehemann. Und seine Brüder hofften, dass ihm genau das passierte. Doch er hatte sich zurückgehalten und das Gefühl gehabt, dass sie das mitbekommen hatte, denn sie bei diesem letzten, ihrem zweiten Date, war sie einem Kuss ausgewichen. Ihr Kuss am ersten Abend war wirklich gut gewesen, genau genommen der beste, den er je erlebt hatte, aber beim zweiten Date war sie zurückgewichen, und ihm war klargeworden, dass sie keine Beziehung mit ihm haben wollte.

„Jake, stimmt was nicht?", fragte Hanna und brachte ihn zurück in den Moment.

„Alles okay. Ich habe nur darauf kontrolliert, ob der erste Abschnitt auf dem Weg nach oben auch wirklich in der richtigen Position ist. Ich komme jetzt runter, um die Leiter zu verschieben." Und damit kletterte er hinunter, ohne sie anzusehen, während er versuchte, seine Gedanken zu ordnen, und streckte die Hand aus, um die Leiter zu verschieben. Seine rechte Hand landete ungewollt auf ihrer. Ihre Blicke begegneten sich, und sein Herz pochte gegen seine Rippen. „Tut mir leid." Er hob die Hand und erlaubte ihr damit, ihre wegzuziehen.

„Schon gut. Ich hab' meine nicht schnell genug weggenommen." Sie trat aus dem Weg, als er die Leiter hochhob und sie verschob.

Er sah sich um und brauchte ein bisschen Abstand nach diesem Moment. „Wir haben nur noch eine Lichterkette. Du kannst nicht nur die Vorderseite und eine Seite des Hauses mit Lichtern schmücken, also fahre ich in die Stadt und besorge noch ein paar."

Sie schluckte. „Ich denke, ich komme mit dir, damit wir wirklich die gleichen Lichter holen, und wir brauchen noch welche fürs Geländer. Dann wird bestimmt alles richtig hübsch aussehen. Ach, und wie du gesagt hast, Lichter auf der Veranda auf der Rückseite sind auch eine gute Idee."

Er war vielleicht in Schwierigkeiten. Seine Nerven fühlten sich angespannt und zittrig an. „Dann sollten wir wohl losmachen und alles besorgen, was ich für dich aufhängen soll."

„Ich hole meine Handtasche."

Er sah ihr nach, wie sie ins Haus eilte. Sein Herz pochte schneller. Das war definitiv ein seltsamer Tag. Und er sollte besser vorsichtig sein.

Warum hatte sie darauf bestanden, mit ihm in die Stadt zu fahren?

Sie fühlte sich wackelig, als würde sie auf einem Seil balancieren.

„Also, wir können in den kleinen Baumarkt in der Stadt fahren, wo wir vielleicht nicht finden werden, was du brauchst, oder wir fahren nach Fredericksburg. Sind nur zwanzig oder dreißig Minuten bis dahin. Der hat sicher alles, was du brauchst."

„Du hast recht. Lass uns das machen, wenn du Zeit hast."

„Habe ich."

Sie verlor wohl den Verstand. Sie hätte ihm sagen sollen, dass er genug getan hatte, doch stattdessen zog sie den Tag mit diesem Ausflug nur weiter in die Länge. Sie stiegen in seinen Truck, und er fuhr die Straße hinunter. Sie war angespannt, was sie nur noch nervöser machte, und verbrachte so viel Zeit wie möglich damit, auf jedes geschmückte Hauszu zeigen, das sie sahen. Jake machte Bemerkungen, war aber sonst recht still, während er fuhr. Er schien in Gedanken versunken zu sein. Wahrscheinlich fragte er sich, warum er vorgeschlagen hatte, sie nach Fredericksburg zu fahren.

„Ich habe gehört, dieser wunderschöne Weihnachtsladen an der Hauptstraße zieht das ganze Jahr über Touristen an." Sie warf ihm einen Blick zu, als er den Truck so nah wie möglich an eine Parklücke steuerte.

„Die Stadt selbst zieht das ganze Jahr über Touristen an, aber ja, der Weihnachtsladen hat eine besondere Anziehungskraft."

Sie stieg aus dem Truck und ging zum Laden. Jake folgte ihr und hielt ihr die Tür auf. Als sie eintrat, entdeckte sie die Lichter und ging direkt darauf zu. Jake stellte sich neben sie, und sie blickte zu ihm auf. „Willst du mehrere kleinere Lichterketten oder die längsten, die wir finden können?"

„Ich denke, länger ist besser. Je weniger wir sie zusammenstecken müssen, desto einfacher ist es."

„Okay, was immer du meinst. Das sind die bunten Lichter."

Er griff danach und zog zehn Kartons aus dem Regal. „Ich denke, das wird reichen für das, was wir gemessen haben. Aber wenn du noch mehr dekorieren willst, brauchen wir natürlich auch mehr."

„Nein, nichts sonst. Ich denke, so ist schon gut. Ich hole noch ein paar kürzere dazu, um das Geländer der Veranda zu umwickeln. Dafür brauchen wir keine großen Lichter oder langen Stränge." Sie nahm die Kisten vom Regal und legte sie in den Wagen, dann sah sie sich um.

„Was suchst du?"

Sie grinste ihn an, und er lächelte zurück. „Ich weiß nicht, ich war noch nie hier. Kann ich mich kurz umsehen?"

„Klar, warum nicht. Viel Spaß! Ich gebe zu, dass ich auch schon lange nicht mehr in einem Weihnachtsgeschäft war."

Sie gingen die Gänge entlang und sahen sich verschiedene Dekorationsideen an, viel Baumschmuck, aber sie ging schnell weiter, denn wenn sie damit anfinge, würden sie den ganzen Tag hier verbringen. Als sie jedoch die Fußabstreifer erreichte, sah sie sie an und beschloss, einen für ihre Veranda auszusuchen. „Ich mag den mit *HO, HO, HO. Frohe Weihnachten*", sagte sie und warf Jake einen Blick zu.

„Ich auch."

Sie nahm ihn und legte ihn in ihren Einkaufswagen. Dann ging sie weiter und entdeckte künstliche Tannengirlanden. „Die würden gut zu den Lichtern am Verandageländer passen."

„Ja, das würde wirklich gut aussehen."

Seine Worte überraschten sie, weil er so ernst klang. Nicht nur wie ein Typ, der sagte, was sie hören wollte. „Schmückst du auch dein Haus? Hattest du nicht gesagt, du würdest das nicht machen?"

Er schmunzelte. „Wie ich schon sagte, ich muss zu Weihnachten alle anderen zu Hause besuchen, also warum sollte ich meine Zeit damit verschwenden, mein kleines Haus zu schmücken?"

„Also bist du wirklich kaum zu Hause?"

„Nur zum Schlafen. Ich habe ein kleines Haus auf der Ranch, das jahrelang von Arbeitern genutzt wurde.

Ich habe es übernommen, weil ich noch keinen Grund gesehen habe, mir ein größeres Haus zu bauen. Ich habe es gestrichen und nett eingerichtet, weißt du, es mir gemütlich gemacht. Eines Tages will ich mir ein Haus bauen, aber im Moment bin ich noch nicht so weit. Es hört sich vielleicht ein bisschen erbärmlich an, wir haben alle genug Geld, um zu tun, was wir wollen, aber ich lebe im Moment lieber in diesem kleinen Haus – ohne Weihnachtsdekoration."

Sie hätte beinahe gelacht. „Keine Lust, sie auf- oder abzuhängen?"

„Bingo. Doch ich habe kein Problem damit, jemandem zu helfen, der meine Hilfe braucht. Aber denk' daran, wie wenig ich den Schmuck bei mir zu Hause sehen würde. Vielleicht so wenig wie du deinen. Zumindest bis du jemanden einstellst, mit dem du dich bei Notfällen abwechseln kannst."

Sie zuckte mit den Schultern. „Du hast recht, aber ich werde das Licht anlassen, und es wird meine Stimmung heben, wenn ich nach einem langen Arbeitstag in die Einfahrt einbiege und das Licht sehe. Es geht nicht immer darum, wie oft man da ist, sondern darum, es bei der Rückkehr zu sehen."

Sie gingen zur Kasse und luden alle Artikel auf den Kassentisch. Dann holte sie ihre Bankkarte heraus und reichte sie der Kassiererin, als sie mit dem Scannen fertig war.

Jake nahm die beiden Tüten. „Elf Uhr. Wenn wir schon in der Stadt sind, hast du Lust, Mittagessen zu gehen?"

Sie gingen zur Tür, und sie stieß sie für sie auf. „Gute Idee, aber das geht auf mich, da du mir heute hilfst."

Er lachte. „Okay, wenn du das willst."

„Du machst das wirklich toll. Ich bin dir wirklich dankbar dafür. Wo willst du essen?"

Er öffnete die Trucktür und stellte die Tüten auf den Rücksitz. „Wie wäre es mit gegenüber? Wir können draußen unter einem Sonnenschirm essen und dem Sänger auf der Veranda zuhören."

Sie hatte den Mann auch schon singen gehört. „Das wäre schön."

KAPITEL SIEBEN

Sie überquerten die Straße, und da sie früh angekommen waren, wurden sie sofort zu einem Tisch geführt.

Die Kellnerin kam und nahm die Getränkebestellung entgegen. Jake bestellte Eistee und Hanna Wasser mit Zitrone. Die Frau hinterließ ihnen Speisekarten und ging dann, um ihre Getränke zu holen, doch er legte seine auf den Tisch, ohne sie zu öffnen. Hanna hatte ihre aufgeschlagen und starrte sie an.

Sie sah zu ihm auf. „Du weißt schon, was du willst?"

„Ich mag das Roastbeef-Sandwich hier."

„Ich vergesse, dass du dein ganzes Leben hier verbracht hast." Sie blickte wieder auf ihre Speisekarte.

„Also, wofür hast du dich entschieden?"

DES MILLIARDENSCHWERER
COWBOY ZU VERSTEIGERN

Sie klappte die Karte zu. „Ich glaube, ich nehme die Lasagne. Das ist was, das ich selbst nie koche, und ich liebe es. Natürlich weiß man nicht, ob sie die vielleicht auch im Supermarkt kaufen."

Er lachte. „Glaub mir, was immer du hier bestellst, ist hausgemacht. Und ja, diese Lasagne ist gut. Ich hatte sie schon lange nicht mehr, aber ich erinnere mich. Ich bleibe einfach immer beim Roastbeef hängen."

Als die Kellnerin mit ihren Getränken zurückkam, nahm sie ihre Bestellungen auf und machte sich auf den Weg zur Küche, bevor der Mittagsandrang begann.

Jake trank einen Schluck von seinem ungesüßten Tee und konnte nicht anders, als zu ihren Arbeitsproblemen zurückzukehren. „Du hast viel zu tun, seit wir miteinander ausgegangen sind. Ich meine, so wie ich das sehe und höre, wird es kaum ruhiger."

„Ich weiß, und es zehrt an mir. Ich bin fest entschlossen, jemanden dazuzuholen. Ich will eine Anzeige schalten und jemanden einstellen. Wenn, wie gesagt, die andere Praxis heute nicht für mich übernehmen würde, hätte ich nicht weggekonnt, also brauche ich jemanden, der mit mir arbeitet, den die

Patienten kennen und dem sie vertrauen. Ich verdiene mit all diesen Überstunden gutes Geld, aber mein Schlaf leidet darunter, und ich fühle mich ständig müde."

„Es wäre gut, wenn du jemanden findest, der dir hilft. Dann hättest du normale Auszeiten. Ich finde die Entscheidung gut. So baust du ein wirklich solides Geschäft auf. Und ehrlich gesagt, siehst du schon müde aus. Das dachte ich gestern Abend bei der Party schon. Tut mir leid, aber ich denke, es würde dir guttun, dich ein wenig auszuruhen." Er wusste nicht, ob er zu direkt war, doch als sie ihm ein Lächeln schenkte, war er erleichtert. Vielleicht hatte er es doch nicht vermasselt.

Als sie zu Mittag gegessen hatten und dann zu Hannas Haus fuhren, war Jake in Schwierigkeiten. Er kämpfte gegen die ungewollte Anziehungskraft an, die von dieser Frau ausging.

Wieso?, fragte er sich. Sie fühlte sich nicht zu ihm hingezogen, obwohl er manchmal das Gefühl hatte, sie könnte es sein. Doch selbst wenn sie es wäre, wollte sie nichts mit ihm zu tun haben.

DES MILLIARDENSCHWERER
COWBOY ZU VERSTEIGERN

Oh, sie hatte ihn ein paarmal verwirrt, ihn verunsichert, doch er würde sie nicht zu einer Beziehung drängen. Er würde es sich verbieten, sich noch einmal zu ihr hingezogen zu fühlen.

Als sie das Haus erreichten und die Lichterketten ausluden, stellte er die Leiter wieder auf und machte sich an die Arbeit. Sie war still geworden.

Er stand ganz oben auf der Leiter an der Dachspitze auf der letzten Seite des Hauses. „Du bist eine großartige Tierärztin, aber was war der schlimmste Verlust, den du erlebt hast?" Er schaute zu ihr hinunter und sah, wie ihr Gesichtsausdruck gefror und ihre Augen wässrig wurden. Er bereute es sofort, die Frage gestellt zu haben.

Bevor er sagen konnte, dass er sie nicht verletzen wollte, meinte sie: „Mein Vater, aber du fragst wahrscheinlich nach einem Tier. Das ist nicht mit meinem Vater zu vergleichen. Er war ein wunderbarer Mann und hat es geliebt, Tierarzt zu sein. Manchmal habe ich ihn begleitet, als ich noch in der Schule war. Ich habe es geliebt. Das war unsere Zeit."

Jake tat es leid, dass er die Frage gestellt hatte, doch

er war auch daran interessiert, herauszufinden, was passiert war. Er hakte die Lichterkette in den Haken und kletterte dann die Leiter hinunter.

Sie sah ihn an. „Als ich meinen Schulabschluss gemacht habe, wollte ich gleich in seine Fußstapfen treten und habe mich für Tiermedizin eingeschrieben. In dem Sommer habe ich für ihn gearbeitet, bevor ich zum Semesteranfang am A & M nach College Station gezogen bin. Ich wollte das College abschließen und mit ihm ins Geschäft einsteigen. Doch an dem Tag hatte ich noch nicht einmal mit dem College angefangen. Er musste nach einem Bullen sehen, der Probleme hatte, und ich bin mit ihm rausgefahren. Er hat mir gesagt, ich solle im Truck warten, und er ging zum Bullen hinüber. Völlig unerwartet hob der Bulle plötzlich den Kopf, starrte meinen Dad an und dann drehte durch. Er drehte buchstäblich durch, als er auf ihn zuraste, ihn umstieß, sich dann umdrehte und anfing, auf meinem Dad herumzutrampeln. Es war schrecklich, und ich wusste nicht, was ich tun sollte. Ich wollte aussteigen, bin dann aber stattdessen hinter das Lenkrad des Trucks gerutscht und hupend auf ihn zu gerast. Der Bulle ist erschrocken und von Dad weggerannt."

Er war geschockt. „Das tut mir leid."

Sie fuhr sich mit der Hand durchs Haar und sah niedergeschlagen aus. „Ich nahm mein Handy und rief den Notarzt. Ich erzählte ihnen, was passiert war und wo wir waren, und sie schickten einen Krankenwagen. Ich war aus dem Truck gesprungen und hatte mich neben Dad gekniet. Er war bewusstlos, aber ich konnte sehen und fühlen, dass er noch atmete, doch er sah schrecklich aus, so zerrissen. Ich hob seinen Kopf in meinen Schoß und weinte und flehte ihn an, aufzuwachen, durchzuhalten, aber er blutete überall. Dann öffnete er plötzlich die Augen und sagte mir mit gebrochener Stimme, dass er mich liebte, sagte mir, ich solle nicht zulassen, dass ein Bulle meine Träume ruiniert. Dann schloss er wieder die Augen. Er atmete noch, als der Krankenwagen eintraf, ihn einlud und ich mit ihm ins Krankenhaus fuhr. Er starb, bevor wir ankamen, obwohl sie versucht haben, ihn wiederzubeleben. Als wir im Krankenhaus ankamen, haben sie ihn für tot erklärt. Das ist die Geschichte meines Dads und des schlimmsten Tieres, das ich je gekannt habe. Wie auch immer, jetzt weißt du es. Ich war mir nicht mehr sicher, ob ich noch Tierarzt werden wollte. Allein daran zu denken, war schwer in diesem Sommer, als ich um meinen Vater getrauert habe. Aber ich hörte seine letzten Worte immer wieder und habe mit dem Studium angefangen, als es soweit war."

Unfähig sich zurückzuhalten und geschockt von ihrer Geschichte, schlang er seine Arme um sie und drückte sie fest an sich. „Das war eine schrecklich schwere Zeit für dich. Das tut mir wirklich leid." Er lehnte sich zurück und sah sie an. „Aber ich bin sicher, dein Dad wäre sehr stolz auf dich. Du bist eine großartige Tierärztin."

Sie sah ihn durch ihre Tränen hindurch an. „Danke. Ich arbeite wirklich hart daran, gut zu sein. Ich will meinen Vater stolz machen; auch wenn er nicht mehr lebt, er weiß, was ich tue."

Ihre Worte berührten ihn. „Ja, ich bin mir sicher, dass er das tut. Also sollten wir jetzt dafür sorgen, dass dein Haus schön weihnachtlich aussieht, weil ich möchte, dass er sich freut. Ich möchte, dass er sich darüber freut, dass ich seiner Tochter geholfen habe, seiner fleißigen Tochter, die eine ausgezeichnete Tierärztin ist."

„Ja. Konzentrieren wir uns wieder darauf, denn ich möchte nicht mitten in meinem Garten stehen und mich in ein heulendes Häuflein Elend verwandeln."

Er klopfte ihr auf die Schulter und bemerkte, dass er sie eigentlich nicht gehen lassen wollte. Doch er musste. „Okay, los geht's. Ich gehe wieder auf die Leiter." Er ließ sie los und verschob die Leiter.

Sie brauchte diesen Weihnachtsschmuck, und er sollte es für sie erledigen.

Sie wischte sich das Gesicht ab, als er die Leiter wieder hinaufkletterte. Sie hatte ihm ihre Gefühle, was ihren Vater anging, nicht zeigen wollen. Ihr Dad war der wichtigste Mensch in ihrem Leben gewesen. Sie suchte nach einem Mann wie ihm und war überrascht über Jakes Reaktion auf ihre Geschichte. Als er die Leiter hinuntergeklettert war und sie sanft in seine Arme genommen hatte, hatte jede Zelle in ihr reagiert. Sie hatte es geliebt.

Geliebt.

Was keine gute Idee war, denn er war ein Partylöwe und kein Ehemannmaterial. Seine Geschichte bewies, dass er zu gerne ausging und feierte und dass er einen anderen Typ Frau mochte. Warum hatte sie auf ihn geboten? Warum sollte sie jemanden heiraten wollen, der so ein ganz anderes Leben wollte?

Nein, sie suchte einen starken Mann, der sich seiner Familie widmen würde. Ihre Mutter war so früh gestorben, dass sie sich nicht an sie erinnern konnte, und ihr Vater war alles für sie gewesen. Er war nicht auf Partys gegangen, sondern hatte sich ihr und der Praxis, die ihren Lebensunterhalt einbrachte, verschrieben.

Sie war so misstrauisch gegenüber Jakes Vergangenheit. Sie hatte ehrlich versucht, ihm seit diesem letzten Date nicht viel Aufmerksamkeit zu schenken, doch sie wusste von einer Freundin, dass er lange gar nicht gedatet hatte, nachdem vor ein paar Jahren die Boulevardzeitungen jedes seiner Dates breitgetreten hatte. Soweit sie wusste war er in letzter Zeit weder auf der Titelseite noch in den Boulevardzeitungen oder Klatschseiten gewesen, und zumindest das war gut so. Aber das löschte seine Vergangenheit nicht aus.

Und sie war dazu verleitet gewesen, online nach diesen Artikeln zu suchen, um sie sich anzusehen. Sie war völlig überwältigt gewesen, ihn in den Zeitschriften zu sehen, öfter als seine genauso wohlhabenden Brüder. Das lag daran, dass er damals in der Datingszene sehr aktiv gewesen war und den Boulevardzeitungen mehr Geschichten geboten hatte. Konnte sich ein solcher Mann ändern? Sie glaubte das nicht.

Sie hatte nicht viel Freizeit, also wollte sie damals wie heute keine Zeit mit Männern wie Jake verschwenden. Warum hatte sie dann gestern Abend so viel Geld für ihn geboten, damit er ihr heute hier half?

Sie hatte weder damals noch heute verstanden, warum, doch sie hatte ein Problem, denn er wirkte nicht wie der verrückte Partytyp, für den sie ihn abgestempelt hatte. Er schien ein netter, fürsorglicher Mann zu sein, der anderen gerne Gutes tat.

„Hey da unten, bist du wach?"

Sie sah zu ihm auf, und er musterte sie unter seinem Cowboyhut hervor. Ihr Herz machte einen Sprung. „Ja, bin da. Bin nur gerade in Gedanken versunken. Sieht wirklich gut aus, toll! Ich bin froh, dass ich gestern Abend auf dich geboten habe."

Er ließ ihre Worte auf sich wirken, hämmerte den letzten Nagel um die Lichterkette herum und kletterte dann hinunter, um sie anzusehen. „Ich auch. Das macht Spaß, und ich helfe dir gerne."

Sie sah zu, wie er die Leiter verschob, und half ihm, die Lichterkette mitzubewegen, die auf dem Boden lag. Er war fast fertig mit den Lichtern den First entlang. Sie sah zu, wie er die Leiter wieder hinaufkletterte.

„Ich bin hier gleich fertig, dann werde ich dir noch bei der Veranda helfen. Das wird alles sehr festlich aussehen."

Sie lächelte ihn an. „Großartig! Willst du ein Glas Wasser?"

„Das wäre schön. Und glaub' mir, du musst die Leiter nicht halten, wenn ich so nah am letzten Teil des Daches bin. Ich komme schon klar."

„Okay, dann bin ich gleich wieder da." Sie meinte es so. Sie wollte mit ihm draußen sein, solange er hier war.

KAPITEL ACHT

Jake hatte seine romantischen Gedanken über Hanna aus dem Kopf verdrängt, als er beobachtete, wie sie Wasser holen ging. Romantische Ideen zu bekommen war vielleicht ein Fehler, doch sie schien anders zu sein, vielleicht fühlte sie sich sogar zu ihm hingezogen. Er hakte die letzten Lichter ein und war gerade zum letzten Mal die Leiter hinuntergeklettert, als sie mit seinem Glas Wasser zurückkam. Als sich ihre Blicke trafen, wusste er, dass er in ernsten Schwierigkeiten steckte.

Sie hatten einander nicht mehr so oft gesehen, seit sie die Sache nach dem zweiten Date beendet hatte. Da sie gemeint hatte, sie passten nicht zusammen, hatte er sich damit abgefunden und mit ihrer Entscheidung gelebt. Er war ihr aus dem Weg gegangen und so offensichtlich der starken Anziehung, die er für sie empfand.

Sie sah ein bisschen zögerlich aus, als sie ihm das Wasserglas reichte. Er griff nach dem Glas, und ihre Hände berührten sich – er erstarrte. Feuer schoss seine Finger empor, durch seinen Arm und in seinen Körper. Er hatte noch nie auf jemanden so reagiert wie auf sie. Das war schon passiert, als er ihre Hand zum ersten Mal berührt hatte, und das hatte alles noch schwieriger gemacht. Doch er hatte die Gedanken daran verdrängt, nachdem sie nach dem letzten Date im Haus verschwunden war, und nicht mehr daran gedacht.

Jetzt hielt er ihren Blick fest, ihre schönen großen Augen, und er musste sich zwingen, das Glas zu nehmen. Sein Herz pochte. „Danke", sagte er mit kratziger Stimme.

Sie nickte und trat einen Schritt zurück, sah nervös aus. „Gern geschehen. Machen wir uns also an die Veranda?"

„Ja, auf geht's!" Die Anziehung, die von ihr ausging, war verrückt. Er musste sich zurückziehen, es unter Kontrolle bekommen. Es langsam angehen lassen, wenn er glaubte, es gäbe eine Zukunft für sie. Allein der Gedanke erschütterte ihn.

DES MILLIARDENSCHWERER
COWBOY ZU VERSTEIGERN

Er war nicht an einer ernsthaften Beziehung interessiert und das hatte er seinen Brüdern erst gestern gesagt. Und an diesem Morgen, doch seine Gedanken waren verwirrt, und er konnte sich nicht einmal erinnern, wann er mit allen gesprochen hatte. Doch er hatte das Gefühl, dass sie an ihm interessiert war.

Er stellte das Wasser auf der Veranda ab. Bei der Auktion von Hanna ersteigert worden zu sein, war seine Gelegenheit, so viel war ihm klar. Eine Gelegenheit herauszufinden, warum sie nicht mehr mit ihm hatte ausgehen wollen, den wahren Grund, weil er das Gefühl hatte, dass sie ihm nicht alles erzählt hatte.

Als sich ihre Finger am Wasserglas berührt hatten, hatte er sie nur noch in seine Arme ziehen und sie küssen wollen, so wie jetzt gerade, als sich ihre Blicke wieder trafen.

„Bereit?", fragte er, denn er musste sich beschäftigen. „Du musst mir zeigen, wie du das Geländer geschmückt haben willst."

Sie nickte und ging hinüber. „Ich weiß nicht, wie man den Handlauf und das Geländer machen kann. Wickeln wir es ein Stück um den Handlauf, dann um die Stäbe nach unten und wieder hoch und so weiter?"

„Ja, so würde ich es machen." Sein Herz raste, als

er sie ansah. Sie standen dicht beieinander.

„Dann machen wir es so. Der Rest des Hauses sieht toll aus."

„Freut mich, dass es dir gefällt. Dann lass uns anfangen."

Er konzentrierte sich zuerst darauf, die grüne Tannengirlande um den Handlauf zu wickeln, dann fing er mit den Lichtern an. Er legte die Lichter um die Girlande, dann den ersten Stab hinunter und dann wieder hinauf. „Sieht gut aus", sagte er.

„Ja, das tut es. Ich bin so aufgeregt." Sie lächelte und sah wieder glücklich aus.

Er machte weiter, während sein Verstand versuchte, den Tag mit Fragen zu vermasseln, auf die er Antworten wollte, und schließlich musste er es wissen. „Ich kann nicht anders, ich muss dich fragen. Warum wolltest du nicht mehr mit mir ausgehen? Was war der wahre Grund?"

Hanna starrte Jake mit pochendem Herzen an. Zum wiederholten Mal fragte sie sich, warum sie so viel auf ihn geboten hatte, dass sie den Zuschlag bekommen hatte? Sie war vollkommen mit den Nerven am Ende, als sie ihn ansah. „Darüber haben wir schon gesprochen."

Er neigte den Kopf zur Seite, seine Augen wirkten ungläubig. „Weißt du, ich habe darüber nachgedacht, und ich glaube dir nicht. Ich bin mir ziemlich sicher, dass du einen anderen Grund hattest als den, den du mir genannt hast. Ich habe es die ganze Zeit vermutet, aber jetzt bin ich mir ziemlich sicher."

„Warum willst du unsere Vergangenheit noch einmal durchkauen? Ich habe dich nur ersteigert, um das Haus zu schmücken, nicht, um Fragen zu unserer Vergangenheit zu beantworten."

„Ich will es einfach wissen. Ich glaube, du hast mir einen Korb gegeben, weil dich was an mir gestört hat. Vielleicht mochtest du mich einfach nicht, aber heute hatte ich nicht das Gefühl, dass du mich nicht magst. Meine Reaktionen sind unverändert. Du lässt meinen Blutdruck steigen, und mir wird heiß. Und das ist für mich ausgesprochen ungewöhnlich. Weißt du, wenn ich dir wie jetzt in die Augen schaue, habe ich das Gefühl, dass du ähnlich fühlst."

Zitternd rieb sie sich die Stirn. „Warum sagst du das?"

„Warum hast du bei der Versteigerung so viel Geld

für mich ausgegeben? Du hättest genauso jemand anderen ersteigern können."

Sie senkte den Blick und rieb sich wieder die Stirn. Sie sah ihn an und wollte die Flucht ergreifen, doch das war der falsche Schritt. „Haben wir nicht über die Tatsache gesprochen, dass du mit so vielen Frauen ausgegangen bist? Und ich bin einfach nicht daran interessiert, nur zum Spaß zu daten."

Das war es also. „Du warst auf der Jagd nach einem Ehemann?"

Sie nickte. „Und ich hätte niemals mit dir auf ein Date gehen sollen. Ich wusste, dass die Boulevardzeitungen viel über dich geschrieben haben. Und das hätte ein rotes Tuch sein sollen. Aber offensichtlich habe ich nicht auf meine Intuition gehört. Ich habe ja gesagt, und es hat nicht lange gedauert, bis ich erkannt habe, dass du nicht an einer Beziehung interessiert bist, die auf mehr hinausläuft als auf eine Nacht. Mir ist klargeworden, dass es eine riesige Zeitverschwendung wäre, mit dir auszugehen. Deshalb habe ich es beendet."

Irgendwie ergab das alles einen Sinn, und er hätte es

wissen müssen. „Du hast mich nicht einmal gefragt, ob all die Geschichten wahr sind. Du hast einfach aufgehört, mit mir auszugehen."

„Ich wusste, dass du viel gedatet hast, bevor du mich um ein Date gebeten hast, und ich weiß, dass diese Magazine nicht umsonst Klatschmagazine genannt werden, aber was sie über dich und deine Familie gesagt haben und alles, was ihr geerbt habt, und die Veränderung, die eure Familie erlebt hat, und dass du die neue Situation genossen hast, nun, das war offensichtlich wahr."

Er hatte gekniet und am Geländer gearbeitet, doch jetzt schob er sich auf seine Stiefel zurück und ließ die Girlande los. Was sollte er tun? Sollte es ihn ärgern, dass sie all diesen Klatsch über ihn glaubte? Sie wäre nicht die Einzige. Ja, er hatte gedatet, aber die meisten Frauen, mit denen er ausgegangen war, hatten sehr schnell herausgefunden, dass das, was in diesen Boulevardzeitungen geschrieben worden war, bloß ein Haufen Lügen war. Er war nicht so wild, wie sie ihn darstellten. Als er jünger war, war er ein bisschen mehr unterwegs gewesen, doch er war nie das gewesen, als was die Klatschpresse ihn hinstellte.

„Na ja, ich kann dir nur sagen, dass du den

Boulevardzeitungen nicht immer glauben solltest, selbst wenn sie sie so oft über jemanden schreiben, wie über mich. Wie auch immer, du verhältst dich irgendwie so, als hättest du noch Interesse."

Sie wandte den Blick ab, und er streckte die Hand aus, unfähig, sich zurückzuhalten, legte seine Hand an ihr Gesicht und zwang sie, ihn wieder anzusehen. „Warum habe ich das Gefühl, dass du dich zu mir hingezogen fühlst und mich deswegen nicht mehr sehen wolltest? Ich kann ich nicht glauben, dass du mir nicht vertraust, denn deine Reaktionen sagen mir, dass du mehr empfindest, als du zugeben willst."

Sie blinzelte. Ihre Augen wurden feucht, und er fühlte sich schlecht, doch er konnte nicht anders. Sie war diejenige, die ihn ersteigert hatte. Sie hatte ihn hierher geholt. Sie war diejenige, die die Gefühle, die er für sie gehabt hatte, wieder zum Leben erweckt hatte. Er hatte ehrliche Antworten verdient. „Also wirst du nicht einmal versuchen zu antworten?"

„Ich muss reingehen. Du kannst das allein fertigmachen. Es tut mir leid, wenn das völlig falsche Annahmen waren, doch ich kann nichts daran ändern. Auch wenn die Berichterstattung übertrieben hat, du *hast* dich mit vielen Frauen verabredet, aber woher weiß ich, dass du es jetzt ernster meinst? Ich suche jemanden, der dasselbe will wie ich, jemanden, der weiß, was er will, und auf der Suche danach ist. Ich suche keinen Mann, der wie du mit jeder Frau ausgeht, die bei drei nicht auf dem Baum ist." Damit stand sie auf. „Und das zeigt mir, dass ich heute einen großen Fehler gemacht habe." Sie sah aufgewühlt aus, als sie sich zurückzog. „Danke für alles, was du heute getan hast. Du bist fast fertig und kannst gehen, wann du willst. Einen schönen Tag noch, Jake." Und dann drehte sie sich um und ging ins Haus.

Jake starrte auf die Tür. Das war lächerlich. Warum hatte er sie das überhaupt gefragt?

Er musste fertig werden und hier verschwinden, und genau das tat er.

KAPITEL NEUN

Hanna hatte nicht viel geschlafen, als sie am Montagmorgen zur Arbeit kam. Zum Glück waren Samstag und Sonntag, was die Praxis anging, ziemlich ruhig gewesen, und ihre Stellvertreterin hatte das problemlos bewältigt. Sie hingegen hatte das Auf und Ab der Gefühle mit Jake kaum verkraftet.

Sie hatte zwangsläufig in den letzten beiden Nächten an Jake denken müssen. Am Samstag war sie absichtlich nicht mehr nach draußen gegangen, sich gezwungen, nicht aus dem Fenster zu schauen, doch als sie seinen Truck anfahren gehört hatte, war sie zum Fenster gegangen, hatte hinausgeschaut und ihm nachgesehen. Ihr Herz hatte gerast, und ihr Magen hatte sich angefühlt, als müsste sie sich übergeben. Sie war ehrlich zu ihm gewesen, und doch hatte es sich so falsch angefühlt, ihn anzusehen, während sie ihm das alles gesagt hatte. Sein Gesichtsausdruck war zuerst ein bisschen geschockt gewesen, doch dann hatte er sich wieder gefangen. Wenn sie jetzt darüber nachdachte, hatte er so ausgesehen, als würde er aufmerksam zuhören, ohne Emotionen zu zeigen.

Ihre Gedanken wanderten zurück zu dem Moment, als er seine Hand an ihre Wange gelegt hatte und sie ihre Arme um ihn hatte schlingen und ihn küssen wollen. Was war los mit ihr? Das hatte sie sich die ganze Nacht gefragt, während die Gefühle in ihr gekämpft hatten.

Sie hatte sich in ihn verliebt und musste dagegen ankämpfen.

Wie konnte sie so empfinden? Sie hatte noch nie so für jemanden empfunden. Sie wusste nicht, wie es war, sich in jemanden zu verlieben, abgesehen von diesen verwirrenden Gefühlen, die sie für Jake hatte. Es war nur Verliebtheit in ihn, obwohl sie nicht füreinander bestimmt waren. Und doch hatte sie, als er meinte, die Boulevardpresse habe die Geschichten über ihn übertrieben, sich gefragt, ob das stimmte.

Hatten sie übertrieben?

Die Frage beschäftigte sie noch, als sie sich anzog und zur Arbeit ging.

Die Wahrheit war, sie hatte ihm nie eine Chance gegeben und fühlte sich plötzlich schuldig. Doch es war klar, dass er jemand war, der viel ausging, also warum fühlte sie sich schuldig?

Sie betrat ihr Büro und ließ sich auf den Schreibtischstuhl fallen. Tina, ihre Rezeptionistin, kam mit einer Tasse Kaffee herein, die Hanna sofort dankbar entgegennahm. „Danke, den brauche ich wirklich", sagte sie und trank einen Schluck.

Tina sah besorgt aus. „Als du reingekommen bist, hast du ausgesehen, als könntest du einen gebrauchen. Hattest du eine anstrengende Nacht?"

Sie trank einen weiteren Schluck und genoss den heißen, starken Kaffee. „Ich hatte ein paar anstrengende Nächte. Aber egal, wie sieht der Tag aus? Wenn ich mir den Terminkalender so ansehe, haben wir wohl einen Hunde- und Katzentag. Da bin ich froh. Freitag war hart mit all den Rindern."

„Wenn wir keinen Notfall haben, hast du heute keine Rinder. Aber wir beide wissen ja, dass

Rindernotfälle normalerweise abends passieren. Und wenn jemand sich einen Termin geben lässt, ist es nicht wirklich ein Notfall."

„Wohl wahr. Wie auch immer, ich schätze, wir haben ungefähr fünfzehn Minuten, bis die ersten Patienten kommen. Würdest du sie dann bitte einfach in ein Behandlungszimmer schicken und mir ein paar Minuten geben, um in Ruhe meinen Kaffee zu trinken und meine E-Mails durchzusehen?"

„Ich gebe dir Bescheid, wenn jemand wartet." Tina lächelte und schloss dann die Tür hinter sich.

Hanna trank noch einen Schluck Kaffee, dann fuhr sie ihren Computer hoch und ging ihre E-Mails durch. Es war an der Zeit zu arbeiten und all diese Gedanken an Jake aus ihrem Kopf zu verbannen. Nachdem sie schnell auf ein paar Mails geantwortet hatte, stand sie auf und ging zum Fenster, um nach draußen zu sehen. Sie schloss die Augen und sprach ein Gebet, in dem sie um Hilfe bat. Es ging nicht nur um sie und Jake, er hatte sie abgelenkt, aber sie brauchte Hilfe hier in der Praxis. Vielleicht war sie einfach so überarbeitet, dass sie plötzlich so empfindlich auf ihn reagierte.

Als sie ihre Mails durchgegangen war, hatte sie gehofft, eine Rückmeldung zu haben von der Agentur, die ihr bei der Suche nach Kandidaten für den Job helfen sollte. Fehlanzeige.

Tina klopfte an die Tür und steckte den Kopf ins Zimmer. „Es ist Zeit."

„Danke, bin gleich da." Entschlossen holte sie tief Luft und verließ ihr Büro. Sie blieb vor dem Untersuchungsraum stehen und zog die Patientenakte aus dem Halter an der Tür. Sie war froh zu sehen, dass es nur die süße Mrs. Pritchard war, die mit ihrem Pudel zur jährlichen Vorsorgeuntersuchung gekommen war.

Sie öffnete die Tür und lächelte. „Jeanette, schön dich zu sehen."

„Hanna, wie geht es dir? Es ist schon eine Weile her, seit ich hier war, weil meine Süße hier keine Probleme hatte. Aber ich wollte sie trotzdem zu ihrer jährlichen Untersuchung bringen. Ich denke, das hält sie gesund. Du bist einfach eine wunderbare Tierärztin."

„Ich bin froh, dass es euch beiden gutgeht. Mir geht's auch gut, danke. Dann lass uns jetzt mal einen Blick auf deine Süße werfen. Wie geht es unserer

Prinzessin heute?" Der niedliche Hund wedelte mit dem Schwanz und sah sie mit weit geöffneter Schnauze an. Sie kicherte. „Sie lächelt immer, nicht wahr?"

„Oh ja, sie ist einfach ein glücklicher Hund. Und sie mag dich sehr."

„Genau wie ich sie mag."

Sie begann mit der Untersuchung und bemerkte, dass Jeanette sie beobachtete. Sie hielt inne. „Stimmt was nicht, Jeanette?"

„Nein, alles ist gut. Ich bin begeistert. Ich bin am Samstag an deinem Haus vorbeigefahren und habe gesehen, wie dieser gutaussehende Jacob Tanner Lichter an deinem Dach angebracht hat. Das Haus sieht toll aus. Dieser Cowboy ist so hübsch und nett. Er redet immer mit mir, wenn ich ihn sehe, und wenn er gerade an der Tankstelle ist, wenn ich auch tanken will, macht er das für mich. Dann wischt er auch noch kurz über meine Fenster. Er ist ein toller Junge. Ich bin zu neugierig, um nicht zu fragen. Gehst du mit ihm aus?"

Hannas Herz hatte aufgehört zu schlagen, und sie starrte Jeanette an. „Ähm, nein. Ich gehe nicht mit ihm aus. Ich war am Freitagabend auf der Weihnachtsparty in der Stadt. Du scheinst nicht da gewesen zu sein. Ich habe ihn als Dekorateur bei der Auktion ersteigert."

„Ach ja, stimmt. Ich habe davon gehört. Ich konnte nicht gehen. Hast du ihm was Schönes gekocht? Ich habe gehört, dass das Teil des Deals war."

Ihr Herz setzte wieder aus. Sie hatte ihren Teil der Abmachung nicht eingehalten. Ja, sie hatte sein Mittagessen bezahlt, aber das war nicht der Deal gewesen. Sie war wütend geworden und hatte ihn nach Hause geschickt. Sie schauderte innerlich. Sie konnte es nicht leiden, wenn jemand etwas zusagte und es dann nicht einhielt.

Und genau das hatte sie getan. „Nein, noch nicht. Er hat das Haus geschmückt, aber zum Abendessen sind wir noch nicht gekommen, das werden wir also später machen."

„Wie ich höre, ist das ein wichtiger Teil der Abmachung."

„Das kommt noch. Du weißt, dass ich meinen Verpflichtungen immer nachkomme."

„Das weiß ich. Ich finde es wunderbar, mir vorzustellen, was dabei herauskommen könnte. Du könntest für ihn ein Abendessen kochen und zwischen euch könnte etwas wachsen. Ihr habt wahrscheinlich eine Menge gemeinsam."

Als Jeanette und ihr Hund gingen, schloss Hanna die Tür und lehnte ihren Kopf dagegen – sie hatte vergessen, für ihn zu kochen. Das war nicht gut.

Sie musste Natalie anrufen, ihr erzählen, was passiert war, und sie fragen, was sie tun sollte.

Natalie hatte geholfen, die Versteigerung zu organisieren, und Hanna hoffte, ihre Freundin würde ihr sagen, dass sie den Deal erfüllt hatte, indem sie sein Mittagessen bezahlt hatte.

KAPITEL ZEHN

Jake führte sein gesatteltes Pferd aus dem Pferdeanhänger und wartete, während Cole sein Pferd ebenfalls wegführte. Sie waren auf einen abgelegenen Teil der Ranch gefahren und kontrollierten die Gegend, während sie nach den Kühen sahen, die sie kürzlich hierher gebracht hatten. Sie hatten Hilfe, doch sie taten es gern selbst, wenn sie Zeit dafür hatten. Heute hatte er eine Ablenkung gesucht und sich freiwillig gemeldet. Cole hatte sich ihm angeschlossen, und er hatte das Gefühl, dass sein Bruder wusste, dass etwas nicht stimmte.

„Diese Gegend ist wirklich ein schöner Teil der Ranch", sagte Cole, als sie zu den Kühen ritten.

„Das finde ich auch. Das ist genau der Grund, warum ich so gerne hierherkomme. Wenn ich eines

Tages soweit bin, mein eigenes Haus zu bauen, wird es vielleicht hier draußen sein."

„Denkst du darüber nach, das bald zu tun?"

„Das habe ich nicht gesagt, eher später als früher. Falls ich mich jemals entscheide zu heiraten."

„Ich hoffe, dass du eines Tages heiraten wirst. Wie ist es eigentlich bei Hanna gelaufen, ich meine, nachdem sie dich ersteigert hat? Irgendwas stimmt nicht mit dir. Du machst mir Sorgen."

Jake holte tief Luft. „Um ehrlich zu sein, habe ich keine Ahnung, warum sie überhaupt auf mich geboten hat. Sie hätte jeden Mann dazu bringen können, ihr Haus für viel weniger zu dekorieren, als sie für mich bezahlt hat. Wie auch immer, ich bin immer noch erstaunt darüber, dass sie so viel für mich geboten hat, aber ich habe die Lichterketten am Haus angebracht."

„Hört sich an, als wäre es nicht so gut gelaufen. Jemand hat mir erzählt, dass er euch beim Mittagessen gesehen hat, also hatte ich gedacht, es wäre gut gelaufen."

„Sie hat mehr Lichterketten gebraucht, also sind wir nach Fredericksburg gefahren, um welche zu besorgen, und haben angehalten, um zu Mittag zu essen, bevor wir uns wieder an die Arbeit gemacht haben."

„Also, was ist passiert?"

„Es ist gut gelaufen, aber als wir zurückgekommen sind und wir die Veranda geschmückt haben, konnte ich nicht anders, als sie zu fragen, warum sie nicht weiter mit mir hatte ausgehen wollen. Das ist nicht gut bei ihr angekommen."

Cole runzelte besorgt die Stirn. „Sie ist eine wirklich nette Frau. Sie verkrampft sich nur irgendwie, wenn du in der Nähe bist. Ich glaube, sie fühlt sich zu dir hingezogen, und ich verstehe auch nicht wirklich, warum sie aufgehört hat, mit dir auszugehen. Das ist also das, was dich belastet?"

„Ja. Ich dachte, ich wäre darüber hinweg, aber dann bin ich mit ihr rumgehangen – ich denke, es waren nur knapp sieben Stunden mit ihr, in denen wir nach Fredericksburg gefahren und in den Weihnachtsladen und essen gegangen sind. Dabei ist mir klar geworden, dass ich mir was vorgemacht habe, als ich gesagt habe, dass ich mich nicht zu ihr hingezogen fühle. Ich denke, es ist nicht klug von mir, mich so zu ihr hingezogen zu fühlen. Aber da bin ich, und ich weiß nicht wirklich, was ich tun soll. Ich glaube, ihr geht es genauso, doch sie glaubt nicht, dass ich das bin, wonach sie sucht."

„Und das wäre?"

„Sie sucht einen Ehemann, und deshalb geht sie nicht oft aus, weil sie jemanden will, der das ist, was sie sich von einem Ehemann erhofft. Sie hat einen Fehler gemacht, als sie zugestimmt hat, mit mir auszugehen, weil sie schon von den Berichten über mich in der Klatschpresse gehört hatte. Diese verdammte Klatschpresse. Als wir das Öl auf unserem Land gefunden und sich die Boulevardzeitungen auf uns eingeschossen haben, habe ich viele Fehler gemacht. Ich war begeistert von der Veränderung in unserem Leben und habe ein bisschen über die Stränge geschlagen, und Schwupps war ich auf den Titelseiten. Natürlich war ein Großteil der Geschichten erstunken und erlogen, doch sie glaubt alles, was sie gelesen hat. Wie auch immer, gestern, als wir uns unterhalten haben, dachte ich, sie habe erkannt, dass diese Geschichten, die sie über mich gelesen hatte, nicht der Wahrheit entsprachen. Doch dann hat sie sich wieder zurückgezogen."

Sie erreichten die Herde und hielten ihre Pferde an. „Okay, sag mal", bat Cole ihn. „Hast du darüber nachgedacht, ihr zu beweisen, dass du nicht mehr so bist wie vor ein paar Jahren? Die Klatschpresse hätte es jetzt schwer, eine Geschichte über dich zu erzählen."

„Nein. Alles, woran ich nach unserem zweiten Date denken konnte, war, sie aus meinem Kopf zu bekommen. Ich hatte sie um ein drittes Date gebeten, und sie hatte erwidert, sie wolle nicht mehr mit mir ausgehen. Ich habe mich damit abgefunden und bin ihr aus dem Weg gegangen. Bis jetzt. Und sie ist diejenige, die es beendet und jetzt angefangen und wieder beendet hat. Doch jetzt glaube ich, dass sie es nicht wahrhaben will. Aber will ich versuchen, ihre Meinung zu ändern?"

„Also, wenn ich an meine süße Tulip denke … Ich würde alles tun, um sie zu überzeugen, meine Frau zu werden, weil ich sie liebe. Vielleicht bist du nicht wirklich in Hanna verliebt. In diesem Fall solltest du dich wahrscheinlich zurückziehen und loslassen. Aber wenn du das Gefühl hast, dass du in sie verliebt bist, solltest du einen Weg finden, sie zu sehen, auch wenn ihr nicht zusammen seid. Eine Möglichkeit, Zeit mit ihr zu verbringen, damit sie dich besser kennenlernen kann. Bei unserer riesigen Ranch kannst du mir nicht sagen, dass wir hier draußen nicht ein verletztes oder krankes Tier finden können. Eines, das den Besuch einer gewissen Tierärztin erfordert."

Er starrte seinen Bruder an. „Du bist ein kluger Mann."

Cole lachte. „Ich hoffe, es hilft. Zeit miteinander zu verbringen, könnte gut sein. Es ist fast so, als hättet ihr die Beziehung beendet, bevor ihr wirklich wusstet, was da war."

Sie hatte die Beziehung beendet.

Und er hatte sie gelassen.

Natalie kam zu ihr nach Hause, nachdem Hanna ihr eine SMS geschrieben hatte, sie müsse sie sehen. Es war kurz nach sechs am Abend, als Natalie an die Tür klopfte.

Hanna öffnete. „Komm rein. Danke, dass du gekommen bist."

„Gern geschehen. Ich bin gespannt, was los ist. Hast du ein Glas Eistee für mich?"

„Steht schon auf dem Tisch."

Sie gingen zum Tisch und nahmen Platz. „Nach der Versteigerung sitze ich hier mit einem kleinen Dilemma."

Natalie beugte sich vor. „Ein gutes? Ich dachte immer, dass es toll wäre, wenn er dir hilft. Obwohl ich überrascht war, dass du tatsächlich zugestimmt hast, bei der Auktion auf jemanden zu bieten. Ich hatte gehofft, du würdest auf Jake bieten."

„Nein, kein gutes Dilemma. Ich weiß nicht einmal, warum ich auf ihn geboten habe. Ich will ihn nicht."

„Warum nicht? Denn für mich scheint ihr beide einfach zusammenzupassen. Ihr habt beide großes Interesse an Tieren, und er ist durch und durch ein Rancher. Er lächelt gerne und ist allen gegenüber sehr hilfsbereit. Und alle können sehen, dass ihr füreinander gemacht seid."

Sie seufzte. „Ich fühle mich zu ihm hingezogen, ja. Ich hatte es irgendwie geschafft, darüber hinwegzukommen, bis zur Versteigerung. Manchmal fühlt man sich von jemandem angezogen, der nicht zu einem passt. Ich will einen Ehemann, kein lockeres

Date. Ich suche einen Mann, der eine Familie mit mir haben will und ein guter Vater sein wird. Mit dem ich ein gemeinsames Leben führen kann, während ich mein Ding mit der Klinik mache und er sein Ding auf einer Ranch oder was immer er tun will. Aber ich brauche keinen Partylöwen in meinem Leben."

„Es ist einige Jahre her, dass sich diese dummen Klatschzeitungen auf ihn gestürzt haben. Er war jünger und gerade erst durch den Ölfund reich geworden. Ich habe gehört, dass er nicht die Hälfte von all dem gemacht hat, was die Boulevardzeitungen behauptet haben. Gib ihm eine Chance. Selbst wenn er getan hat, was die Klatschreporter behaupteten, ist es lange her, und Menschen ändern sich. Du musst offener sein und ihn besser kennenlernen. Ich glaube, du verurteilst ihn einfach zu schnell."

Warum fühlte sie sich deswegen schuldig? Sie rieb sich die Stirn und trank dann einen Schluck Tee. „Darum hast du mich gebeten, zu bieten. Du hattest das Gefühl, dass ich es nochmal versuchen sollte. Du hattest das Gefühl, dass da was zwischen uns ist?"

Ihre Freundin nickte. „Ich konnte einfach nicht

anders. Du suchst den Mann deiner Träume. Du suchst den Mann, mit dem du dein Leben aufbauen kannst, und ich finde, du hast denjenigen, der das wirklich sein könnte, viel zu schnell aufgegeben."

„Ich habe dich hergebeten, weil er am Samstag hier war. Ich weiß, dass mein Teil des Deals war, ihm als Gegenleistung fürs Schmücken Essen zu kochen. Na ja, gegen vierzehn Uhr war er mit allem fertig, und außerdem hatten wir eine kleine Meinungsverschiedenheit, und er ist gegangen. Ich hatte ihn in Fredericksburg zum Mittagessen eingeladen, als wir die zusätzlichen Lichterketten besorgt haben, aber hier bei mir zu Hause habe ich ihm nichts gemacht. Muss ich das noch nachholen? Oder reicht es, dass ich für sein Mittagessen gezahlt habe?"

Natalie starrte sie an und antwortete nicht. Hanna konnte es nicht ertragen. „Warum siehst du mich so an? Ich bin schon nervös genug, und du starrst mich nur an."

„Tut mir leid. Ich kann es gerade irgendwie nicht fassen. Du musst Abendessen für ihn kochen. Das ist Teil des Deals. Es ist nicht definiert, wie du es ihm servierst. In dieser Situation könntest du was für ihn kochen, es ihm bringen und wieder gehen. Aber du musst es kochen. Oder du könntest tun, was eigentlich beabsichtigt war, als diese Regel erfunden wurde, und ihn hier zu dir einladen und ihm ein schönes Mahl servieren."

Hanna seufzte, das war schrecklich. „Das habe ich befürchtet, und deshalb musste ich dich fragen. Ich meine, es ist nicht so, dass ich mich zu irgendwas verpflichten und es dann nicht tun würde. Ich wollte nur sichergehen, denn er ist derjenige, der weggefahren ist, nicht ich."

Ihre Freundin musterte sie. „Du hattest nichts damit zu tun, dass er sich entschieden hat zu gehen?"

Hannas Magen rebellierte. „Na ja, wir hatten eine kleine Meinungsverschiedenheit darüber, warum wir aufgehört haben, uns zu verabreden. Und mir wurde klar, dass ich mich eher von meinen Gefühlen als von meinen Absichten habe leiten lassen. Ich weiß, was ich von einem Ehemann will, und ich habe mich von dieser Anziehung, die er auf mich ausübt, von meinem Weg abbringen lassen. Also bin ich hineingegangen, und er hat die Arbeit an der Veranda beendet und ist gegangen."

Der Gesichtsausdruck ihrer Freundin hellte sich auf. „Das klingt alles vielversprechend. Das hat euch beiden vielleicht Zeit gegeben, euch ein bisschen zu beruhigen. Du kannst was Nettes kochen und vielleicht irgendwo draußen mit ihm zu Abend oder zu Mittag essen und all das herausfinden."

„Vielleicht. Das heißt aber, ich muss ihn anrufen. Ich sage dir, ich hätte niemals zustimmen sollen."

Natalie stand auf. „Nochmal, ich denke, es könnte am Ende das Beste gewesen sein, was du je getan hast. Aber jetzt muss ich los, weil ich zum Abendessen bei meiner Mutter sein soll. Wie du weißt, kocht sie jeden Montagabend für mich, damit wir ein bisschen Zeit miteinander verbringen können. Viel Glück. Wir hören uns später."

Nachdem ihre Freundin gegangen war, war Hanna übel, und ihr Herz hämmerte, als wollte es aus ihrer Brust springen. Doch sie ignorierte es. Sie war erwachsen, sie konnte das hinter sich bringen. Und genau das hatte sie vor.

KAPITEL ELF

In dieser Nacht wurde sie zu einem Notfall gerufen und kam erst gegen zwei Uhr morgens nach Hause. Nach so vielen kurzen Nächten fiel sie trotz der unruhigen Gedanken in ihrem Kopf ins Bett und schlief sofort ein.

Und träumte von Jake.

Als sie am nächsten Morgen aufwachte, wusste Hanna, dass sie ihm ein Essen kochen und es hinter sich bringen würde, doch zuerst musste sie zur Arbeit gehen. Und natürlich wurde sie bei der Arbeit von Patienten überschwemmt und dann zu einem Notfall gerufen. Sie hatte einige ihrer Nachmittagstermine absagen und auf den nächsten Tag verschieben müssen, während sie einen Hausbesuch machte, um einem schwer verletzten Pferd zu helfen.

Als Hanna kurz nach sechs nach Hause kam, war sie erschöpft. Trotzdem räumte sie auf und ging dann einkaufen, um die Zutaten zu besorgen, die sie brauchte, um Jake Essen zu kochen, dann würde sie ihn anrufen und fragen, wann er es wollte. Der Deal war nicht, dass sie mit ihm essen musste. Doch als sie nach Hause kam und mit dem Kochen anfangen wollte, meldete die Notrufzentrale, dass es einen Notfall gab. Sie war überrascht, als sie hörte, dass es die Tanner-Ranch war, die sie brauchte.

Ihre Gefühle überschlugen sich, denn sie hatte keine andere Wahl und ging zu ihrem Truck. Sie stieg ein und machte sich auf den Weg, wobei sie die Nummer wählte, die ihr die Zentrale gegeben hatte. Innerhalb weniger Augenblicke antwortete Jake – sie hatte nicht gewusst, dass es seine Nummer war, da der Rufdienst nicht gesagt hatte, wer den Notfall gemeldet hatte.

„Ich habe gehört, ihr habt einen Notfall. Ich bin unterwegs." Sie bemühte sich, professionell zu klingen.

„Gut, danke. Die Kuh hat zu kämpfen, doch ich denke, sie kommt durch. Mir wäre es allerdings sehr lieb, wenn du sie dir ansehen könntest."

Angst breitete sich in ihr aus, als hätte sie noch nie zuvor eine Notsituation erlebt. „Ich muss nicht damit rechnen, dass sie tot ist, bis ich da bin?"

„Nein, sie lebt."

„Okay, wir sehen uns in ein paar Minuten. Ruf' mich an, wenn sich etwas ändert." Sie legte auf, ob er bereit war oder nicht. Sie fuhr noch zehn Minuten weiter geradeaus und bog dann auf einen Weg über die Weide ab, wie in der Wegbeschreibung beschrieben. Sie fuhr über einen kleinen Hügel, dann über ein Weiderost und sah einen Weiher mit einer Hütte daneben. Was? Es war fast dunkel, doch sie entdeckte den Schatten eines Mannes, der in der Nähe des Wassers stand, und sie war sich ziemlich sicher, dass es Jake war.

Sofort fing ihr Herz an zu rasen, als sie neben seinem Truck anhielt und ausstieg. Irgendwas fühlte sich nicht richtig an. „Die Kuh ist hier am Weiher?"

„Genau genommen muss ich mich entschuldigen."

Sie starrte ihn an. „Willst du damit sagen, dass es keinen wirklichen Notfall gibt?"

Er sah sie schuldbewusst an. „Ja, das will ich damit

sagen. Ich habe den ganzen Nachmittag nach einem Notfall gesucht, konnte aber keinen finden, der schwer genug wäre, dich hier raus zu rufen, damit ich mich bei dir entschuldigen kann. Also habe ich mir einen ausgedacht. Du hast nicht verdient, wie ich mich neulich dir gegenüber verhalten habe, Hanna. Ich habe mich hinreißen lassen und zu viele Fragen gestellt und dich gedrängt. Ich habe Mist gebaut."

„Und jetzt hast du so getan, als gäbe es einen Notfall, um mich in meiner Freizeit hier rauszuholen." Sie sah sich um und bemerkte, dass die Hütte auf der Rückseite einen Grillplatz hatte, der offensichtlich gerade benutzt wurde. „Keine verletzte Kuh, nur du, der sein Abendessen kocht. Ich bin mir nicht sicher, was ich davon halten soll, außer dass ich es bin, die dir eine Entschuldigung schuldet. Ich war zickig dir gegenüber, aber ich habe beschlossen, meinen Teil des Deals zu erfüllen und das Abendessen zu kochen, das ich dir schulde. Ich war gerade zu Hause und habe damit angefangen, als der Anruf kam. Ich wollte es morgen bei dir vorbeibringen. Ich schätze, wir wollen beide wiedergutmachen, was ich angefangen habe."

DES MILLIARDENSCHWERER
COWBOY ZU VERSTEIGERN

Er hatte seine Hände auf seinen Hüften, als er sie ansah. „Ich muss sagen, dass du dich bei mir entschuldigen willst, gibt mir ein gutes Gefühl. Ich meine, dass du das Essen vorbeibringen willst und ich es allein esse soll, ist irgendwie enttäuschend, aber ich verstehe, dass du nicht an einer persönlichen Bindung interessiert bist. Aber wir wohnen natürlich in derselben Stadt und du oft arbeitest mit den Rindern und Pferden auf unserer Ranch. Seit wir nicht mehr gedatet haben, gehe ich immer, wenn ich weiß, dass du auf die Ranch kommst, selbst wenn ich derjenige bin, der das Problem entdeckt hat. Ich will das nicht mehr tun, wenn ich dich auf der Ranch brauche. Ich dachte, ich könnte dir heute Abend Essen machen, und dann könnten wir zumindest eine angenehme Arbeitsbeziehung anstelle einer persönlichen aufbauen. Ich denke, ich will sagen, wir könnten jetzt mit diesem Abendessen von vorne anfangen, und du kannst dich entspannen und das Essen sein lassen, das du für mich zubereiten wolltest."

„Aber ich soll für dich kochen."

„Du kannst reinkommen und mir helfen, die Kartoffeln aus dem Ofen zu holen. Du kannst das dann als Erfüllung deines Teils des Deals betrachten. Wir können zumindest sowas wie Freunde sein, wenn wir schon zusammen arbeiten."

Sie konnte kaum atmen. Es war richtig, zumindest eine Arbeitsbeziehung zu haben, wegen all der Rinder auf der Ranch und der Pferde. Doch es würde, ehrlich gesagt, schwer werden, da sie sich so zu ihm hingezogen fühlte – worüber sie hinwegkommen musste, und vielleicht konnte ihr das helfen, damit umzugehen, anstatt zu versuchen, es zu vermeiden. „Okay, ich werde bleiben, und wir werden an einer neuen Beziehung arbeiten, die um unsere Arbeit herum aufgebaut wird."

Er lächelte. „Großartig, lass uns das machen, bevor du zu einem weiteren Notfall gerufen wirst."

Sie folgte ihm zur Hütte, und er öffnete die Hintertür und wartete darauf, dass sie zuerst eintrat. Sie fühlte sich irgendwie zittrig. Sie wusste, dass sie das tun mussten, wenn sie zusammen in derselben Stadt leben wollten. Sie mussten aufhören, sich zueinander hingezogen zu fühlen und voreinander wegzulaufen, und das war der Anfang.

Als sie die Küche betrat, bemerkte sie, dass die

Hütte klein war, aber hübsch. „Wer wohnt hier?"

„Das ist die Campinghütte. Sie steht mitten auf der Ranch und ist, wie du sehen kannst, sehr klein. Es war eine der ersten Hütten hier draußen. Wir haben sie modernisiert und den Grillplatz gebaut, und wir kommen abwechselnd hierher, wenn wir einen stressigen Tag hatten oder einfach nur Lust auf Angeln und Entspannen haben. Andererseits ist der Stall nicht allzu weit entfernt, wenn wir ihn für verletzte Tiere so weit draußen brauchen. Und manchmal treffen wir Brüder uns alle einfach hier draußen und grillen zusammen. Sie ist also sehr nützlich, und ich dachte, dass es ein großartiger Ort für uns wäre, um neu anzufangen."

Das war so gar nicht das, was sie erwartet hatte. „Es ist schön hier und ich finde, das war eine gute Idee."

Er schob die Ofenkartoffeln in ihre Richtung. „Großartig. Also, wie magst du dein Steak?"

„Medium."

„Ich meins auch, also muss ich raus und die Steaks vom Grill holen. Zum Glück wolltest du es nicht blutig."

„Nein, das mag ich nicht. Ich sehe genug Blut jeden

Tag, da brauche ich es nicht auch noch auf meinem Teller."

Er lachte und ging zur Tür. Sie sah ihm nach und schloss dann die Augen, lehnte sich gegen die Theke und seufzte. Was für eine Überraschung.

Jake holte die Steaks vom Grill, überzeugt davon, dass das ein ungewöhnlicher, aber guter Grund war, mit ihr zu Abend zu essen. Sicher, vielleicht würde nichts daraus werden, außer einer Freundschaft, aber er war überzeugt, dass es helfen würde, denn er hatte die Vision in seinem Gehirn, dass irgendwann mehr zwischen ihnen sein könnte. Er musste nur mit Freundschaft und einer Arbeitsbeziehung beginnen. Dann könnten sie sehen, was daraus werden würde.

Er ging in die Küche, stellte den Teller mit den Steaks auf den Tresen und sah ihr dann zu, wie sie die Kartoffeln fertig verteilte. „Gute Arbeit, ich hoffe, Steak und Kartoffeln sind okay für dich."

„Das ist prima. Und außerdem hast du ja auch noch Salat gemacht. Wir hätten einfach Steak essen können, weißt du?" Sie lachte, während sie das sagte.

„Ich versuche, dich zu einer Freundschaft zu bewegen, und ein Steak ohne Beilagen kommt mir da nicht richtig vor."

„Da hast du vielleicht recht." Sie kicherte, und er mochte, wie sich das anhörte.

Sie brachten ihre Teller zum Tisch, den er zuvor gedeckt hatte und auf dem bereits ein Krug mit Eistee und Gläser warteten. Er stellte seinen Teller ab und rückte ihren Stuhl zurecht. „Du erlaubst?"

„Danke. Aber das hättest du nicht tun müssen."

„Ich weiß." Er setzte sich und zog eine Augenbraue hoch. „Ich versuche, ein Freund zu sein, also ist es für mich ein bisschen anders, mit dir zu Abend zu essen. Als wir gedatet haben, war das selbstverständlich. Aber das machen wir heute nicht, also lass es mich wissen, wenn ich etwas tue, das dir nicht gefällt."

„Schon gut. Die Steaks und die Kartoffeln riechen köstlich."

„Gut, dann leg einfach los."

Damit fingen beide an zu essen und schwiegen ein paar Minuten lang. Seine Nerven beruhigten sich ein wenig, und Jake wusste, dass er sich an diese platonische Beziehung gewöhnen würde.

Doch es könnte schwer werden, da der Teil von ihm, der sich immer noch zu ihr hingezogen fühlte, jedes Mal stärker wurde, wenn er in ihrer Nähe war.

KAPITEL ZWÖLF

Als sie nach Hause kam, dachte Hanna immer noch über das nach, was Jake über ihre Beziehung gesagt hatte. Es erschien ihr sinnvoll, und sie brauchte die Ranch als Kunden. Ihre Beziehung also auf einem freundschaftlichem Niveau zu halten, bei dem sie einander in die Augen sehen konnten, war wichtig.

Sie musste sich an gewisse Dinge gewöhnen – vor allem an die Anziehung, die es zu überwinden galt. Sie ging in ihr Haus, machte sich bettfertig und kroch unter die Decke. Warum wusste sie nicht, denn es war erst halb zehn. Sie wusste jedoch nie, wann sie gerufen werden und die Nacht vorbei sein könnte. Also versuchte sie, Schlaf zu bekommen, wann immer sie konnte. Nicht, dass sie glaubte, in dieser Nacht schlafen zu können. Ihre Gedanken waren bei Jake.

So wie in den letzten Tagen auch. Sie wusste es zu schätzen, dass sie es geschafft hatten, den Abend mit Gesprächen über ihre Praxis und seine Ranch zu verbringen. Sie erzählte von ihren Notfällen, und er sprach darüber, dass er es mochte, Viehzüchter zu sein, und dass er eines Tages einen Haufen Kinder haben wollte, um das mit ihnen zu teilen. Jake hatte hinzugefügt, dass er im Moment noch nicht an Kinder dachte. Er hatte ihr gesagt, dass seine Brüder andererseits definitiv schon auf dem besten Weg dorthin waren.

Er war sehr glücklich darüber, Onkel zu werden, nur nicht Ehemann oder Vater. Eines Tages sicher, aber im Moment dachte er vor allem an die Ranch. Hanna war ein wenig überrascht davon und ahnte, dass er sich vielleicht für sie interessierte, doch wirklich bemüht war, ihre Beziehung so zu gestalten, dass sie damit einverstanden war. Genau wie sie vermutet hatte.

Oder gehofft?

Jake betrat den Stall und fand Cole und Levi an der

Kaffeemaschine. „Morgen, Jungs." Er ging zur Theke, nahm die Kaffeekanne und einen Becher und goss sich Kaffee ein.

„Guten Morgen", sagte Cole.

„Schön, dich heute Morgen zu sehen", sagte Levi. „Kannst du uns erzählen, was du gestern Abend gemacht hast? Wir waren drüben auf der Weide auf der anderen Seite der Straße, von der aus du zur Campinghütte abgebogen bist. Wir hatten die Pferde wie immer auf einem Trailer rausgebracht, um nach der Herde zu sehen. Wir waren gerade über den Hügel gekommen, als du die Straße zur Hütte runtergefahren bist. Da es da drüben derzeit keine Kühe gibt und im Stall auch nicht, dachten wir, du wolltest wohl entspannen. Eine halbe Stunde später waren wir ein Stück weiter die Weide runter, und siehe da, da war Hanna auf dem Weg dorthin. Hattest du eine Verabredung mit ihr in der Hütte?"

„Wir sind sehr interessiert", sagte Cole grinsend.

Er starrte Cole an und dann wieder Levi. „Hat Cole dir nicht von unserem Gespräch erzählt? Wir haben uns unterhalten und ich habe beschlossen, dass sie und ich zumindest Freunde werden müssen. Wir müssen wenigstens in der Lage sein, miteinander zu arbeiten. Ich finde sie wirklich toll, aber sie hat ein Problem mit mir. Sie hat mich im Grunde als unbrauchbar abgestempelt, nach allem, was die Klatschpresse über mich geschrieben hat. Sie war damals noch nicht hier, aber sie hat davon gehört und im Internet gelesen. Als ich sie auf ein Date eingeladen habe, ist sie zweimal mit mir ausgegangen, hat dann aber entschieden, dass ich nicht die Art von Mann war, mit der sie ausgehen will."

„Wegen dem Klatsch und Tratsch in den Zeitschriften?", fragte Levi. „Das wusste ich nicht. Das ist also der Grund, warum du so gut wie nie in der Nähe bist, wenn wir sie auf der Ranch brauchen."

„Genau. Ich wollte nicht in ihrer Nähe sein. Ich war überrascht, als sie bei der Party auf mich geboten und mich ersteigert hat, und als ich bei ihr zu Hause für sie gearbeitet habe, dachte ich, sie könnte wieder interessiert sein. Also will ich sie nicht vergraulen, indem ich sie nochmal um ein Date bitte, doch ich habe sie gestern Abend wegen eines angeblichen Notfalls zur Hütte gerufen. Ich habe Steak gegrillt und

Ofenkartoffeln gemacht und sie überredet, mit mir zu essen und über den Aufbau einer freundschaftlichen Arbeitsbeziehung zu sprechen. Es hat funktioniert."

Seine Brüder starrten ihn an. Sogar Cole, dem er nach dem Gespräch nichts von seinem Plan erzählt hatte.

„Gut." Cole grinste. „Großartige Idee. Ihr müsst mindestens in der Lage sein, zusammenzuarbeiten, denn wir alle wissen, wie oft wir sie allein in diesem Jahr gebraucht haben. Und du hast uns die meiste Zeit mit ihr allein gelassen, selbst wenn du derjenige warst, der das kranke Tier gefunden hat.

„Richtig", stimmte Levi zu.

„Ich bin nicht geblieben, wenn sie gekommen ist, weil es einfach so unangenehm war. Jedenfalls haben wir uns nach dem Abendessen verständigt. Ich denke, wir können zumindest Freunde sein und zusammenarbeiten, wenn sie sich um unsere Tiere kümmert."

„Und was ist mit den Gefühlen, die du für sie hast?", fragte Cole und sah dann Levi an. „Er hat Gefühle für sie."

„Ich weiß", sagte Levi.

Es war ein bisschen frustrierend, seine Brüder anzusehen. „Wenn irgendwas dabei herauskommen soll, muss es langsam geschehen. Ich finde sie großartig und habe mich noch nie zu jemandem so hingezogen gefühlt wie zu ihr. Aber ich bin mir nicht ganz sicher, wie sie sich fühlt, obwohl ich den Eindruck habe, dass sie sich vor ihren Gefühlen versteckt."

„Ich denke, sie fühlt sich auch zu dir hingezogen." Levi grinste. „Aus irgendeinem Grund will sie das allerdings nicht. Aber vielleicht funktioniert dein Plan ja."

„Ich finde ihn gut." Cole hob seine Kaffeetasse. „Wir hoffen alle, dass es klappt."

Er sah seine Brüder an. „Ich hoffe es auch, aber ich habe auch vor, nicht zu schnell vorzupreschen, damit ich nicht jede Chance, die ich habe, vermassle, weil ich zu aggressiv bin."

„Gut. Eile mit Weile", stimmte Cole zu.

Levi grinste. „Hört sich an, als hättest du einen guten Plan."

„Danke. Aber jetzt muss ich nach den Jungs sehen

und sicherstellen, dass sie mit dem Markieren der Tiere und so weiter vorankommen."

Cole reichte ihm ein Papier. „Hier ist die Liste für sie. Wenn was nicht stimmt, sag Bescheid."

„Danke, dass du das für mich ausgedruckt hast. Dann mache ich mich jetzt auf den Weg."

Als sie ihm beim Verlassen der Scheune zum Abschied zuriefen, hörte Jake die Erwartung in ihren Stimmen. Sie wussten nicht, ob er erfolgreich sein oder scheitern würde, was Hanna anging. Und die Wahrheit war, dass er ehrlich gesagt auch keine Ahnung hatte, wie es mit ihr ausgehen würde.

KAPITEL DREIZEHN

Am Samstag vor Weihnachten hatten sie den Weihnachtsmarkt der Gemeinde geplant. Er war dieses Jahr ein bisschen nah an Weihnachten, doch sie erwarteten immer noch, dass alle kommen würden, die sich irgendwie freischaufeln konnten. Hanna wusste, dass sich die Kinder der kleinen Schule im Ort sehr darauf freuten.

Sie schlug ihren Kragen hoch, da es diese Woche viel kälter war als die Woche zuvor, und so seltsam es schien, sie würden vielleicht Schnee bekommen.

Schnee war in dieser Gegend von Texas nicht üblich, doch alle paar Jahre schneite es doch. Letzte Woche war nicht schlecht gewesen, aber diese Woche war es wirklich kalt. Wer konnte also sagen, was kommen würde? Als sie in den Ort kam, parkte sie abseits der Parade und ging den Bürgersteig hinunter zur Main Street. Sie blickte die Straße hinunter und fand, dass das Ortszentrum zu Weihnachten wirklich süß war.

Die Läden waren alle entsprechend dekoriert, und sie liebte es. Weiter unten, in einer der Seitenstraßen, wurde gefeiert. Hier waren die Stände aufgebaut, und es sah so aus, als hätten alle Spaß. Viele ihrer Patienten hatten ihr gesagt, wie schön der Markt sein würde, doch zuerst würden sich fast alle entlang der Main Street die Parade ansehen. Und genau so sah es aus.

Sie suchte sich einen Platz, um abzuwarten, bis die Parade begann. Es war eine kleine Stadt, aber niedlich und angenehm. Sie sah zu, während Trucks mit Kindern auf der Ladefläche vorbeifuhren, die Süßigkeiten warfen, und Teenager, die alle möglichen Outdoor-Fahrzeuge fuhren. Dann folgten die Cheerleader und danach die Footballspieler. Clowns tanzten durch die Gruppen. Ein weiterer Truck zog einen Anhänger voller Mädchen, die ebenfalls Süßigkeiten warfen. Alle Kinder entlang der Straße waren wild darauf, die Süßigkeiten einzusammeln. Sie lächelte und genoss die

Idylle. Und dann sah sie die Cowboys, auf die sie gewartet hatte. Ihr Herz schlug schneller, als sie die Tanner-Männer auf ihren Pferden reiten und eine ganze Gruppe von Ranchern anführen sah.

Doch es war Jake Tanner, der sofort ihr Interesse auf sich zog, so wie damals, als sie ihn zum ersten Mal gesehen hatte.

Als sie in die Stadt gezogen war, war es kurz vor Weihnachten gewesen, und sie war zur Parade gekommen. Sie hatte Jake zum ersten Mal gesehen und sofort weiche Knie bekommen, als sich ihre Blicke begegnet waren. Und es war diese Anziehung gewesen, die sie dazu gebracht hatte, mit ihm auszugehen. Und die es ihr schwer gemacht hatte, damit aufzuhören.

Zum Glück hatte ihr die viele Arbeit geholfen, die Gedanken an ihn zu vergraben. Doch jetzt, seit der Party, konnte sie nicht aufhören, an ihn zu denken.

Sie erinnerte sich daran, dass ihre Beziehung geschäftlich war und nicht mehr. Ihr Daddy hatte ihr immer gesagt, sie solle das Beste aus allen Situationen machen, und sie versuchte es.

Lächelnd warf er eine Handvoll Süßigkeiten in ihre

Richtung, und die Kinder sprangen ihnen hinterher. Ihr Magen rebellierte, als sich ihre Blicke begegneten. Ihr Innerstes verknotete sich, als er ihr zuzwinkerte und ihr dann eine weitere Handvoll Süßigkeiten zuwarf, während er mit den Cowboys die Straße entlang ritt. Sie stand still, und sie sah ihm nach, wie er davonritt, während die Kinder um sie herum damit beschäftigt waren, die Bonbons einzusammeln.

Als die Parade vorüber war, hatten sich ihre Nerven auch wieder beruhigt, und sie machte sich auf den Weg zum Markt. Gott sei Dank wimmelte es jetzt von Leuten, die dorthin geeilt waren, nachdem sie sich die Parade angesehen hatten. Sie grüßte die Leute, die sie kannte, und sah dann Natalie auf sich zukommen.

Sie lächelte. „Hi Natalie."

„Hi", sagte Natalie und atmete schwer, weil sie sich so beeilt hatte. „Okay, also wie läuft's, seit du beschlossen hast, mit ihm zu Abend zu essen?"

„Gut. Aber um ehrlich zu sein, habe nicht ich das Abendessen gekocht, das war er." Sie erzählte ihr von dem Notruf, der sie zu seiner Hütte gebracht hatte. „Er hat Steaks gegrillt und mich zur Hütte gerufen, um darüber zu sprechen, dass wir in der Lage sein müssen, wenn nötig zusammenzuarbeiten. Er hat sich dafür entschuldigt, dass er gelogen hat, um mich da rauszuholen, aber ich habe es verstanden. Wir mussten von vorne anfangen, damit wir uns in unserer eigenen Stadt nicht unbehaglich fühlen. Jedenfalls haben wir uns darauf geeinigt. Wir daten nicht, und das muss auch nicht sein." Sie seufzte, als sie an seinen Gesichtsausdruck dachte, als er sie vorhin entdeckt und ihr dann die Süßigkeiten zugeworfen und zugezwinkert hatte.

Natalie zog eine Augenbraue hoch. „Ich habe gesehen, wie er dir Süßigkeiten zugeworfen hat, und ich habe dein Gesicht gesehen, als du ihn beobachtet hast. Ich bin überzeugt, dass ihr beide versucht, euch etwas sehr Wichtiges zwischen euch auszureden. Aber ich bin froh, dass ihr wenigstens Freunde werdet. Wer weiß, was aus einer Freundschaft werden könnte. Was auch immer es ist, ich hoffe, es passiert schnell."

Jake blieb normalerweise nicht für den

DES MILLIARDENSCHWERER
COWBOY ZU VERSTEIGERN

Weihnachtsmarkt. Er kam nur, um mit seiner Familie an der Parade teilzunehmen. Doch nachdem er seine neue *Freundin* entdeckt hatte – er betonte das Wort, um sich daran zu erinnern, dass es so bleiben sollte, wenn er sie nicht verscheuchen wollte – hatte er beschlossen, wenigstens Hallo zu sagen. Sie konnten sich wieder unterhalten, also machte er sich auf den Weg zum Festival.

Er sprach mit mehreren Leuten, als er sie sah, blieb aber nicht stehen. Er ging an dem Stand mit der heißen Schokolade vorbei, als er Hanna auf sich zukommen sah. Jetzt hielt er an und winkte ihr zu. Sie sah ein bisschen überrascht aus, als sie ihn bemerkte, lächelte dann aber und kam zu ihm. Wieder fragte er sich, ob sie genauso gegen ihre Gefühle für ihn ankämpfte, wie er gegen seine Gefühle für sie.

„Hi, wie geht's dir?", fragte er.

„Ich habe keinen Notfall, also bin ich hergekommen, um die Parade und den Weihnachtsmarkt zu sehen. Weißt du, meine Stadt unterstützen und die Leute, die mich unterstützen."

„Ich verstehe das. Es ist so wie das, was meine

Brüder und ich tun, wenn wir an der Parade teilnehmen. Sie haben uns gebeten, also tun wir es, um unsere Unterstützung zu zeigen. Es macht immer Spaß, und ich bewerfe gerne Leute mit Süßigkeiten. Tut mir leid, dass du keine abbekommen hast."

Sie lächelte. „Schon gut, war nicht nötig. Ich fand es lustig, den Kindern dabei zuzusehen, wie sie alle eingesammelt haben."

„Dann ist gut. Willst du eine Tasse heiße Schokolade? Komm, ich lad' dich ein."

Sie sah zum Stand hinüber und lächelte ihn dann an. „Sicher, ich wollte mir vorhin schon eine holen, aber dann habe ich erst mit ein paar Leuten gesprochen."

Zusammen gingen sie hinüber und stellten sich an. „Hattest du diese Woche viel zu tun?", fragte er und versuchte, das Gespräch unbeschwert zu halten.

„Ja, war viel los. Aber zum Glück gab es nicht allzu viele Notrufe außerhalb der Sprechstunden."

Er schmunzelte und ging zum Tresen, bestellte zwei Tassen heiße Schokolade und sah sie dann an. „Freut mich, dass du diese Woche nur wenige Notrufe hattest. Zumindest wenige echte." Er lächelte, und sie lachte, was eine Erleichterung war. „Ich muss dich vorwarnen, wir haben ein paar trächtige Kühe, und ich hoffe, dass dich heute Nacht keine braucht. Aber ich schwöre, dass es von jetzt an echt sein wird, wenn du einen Notruf von mir bekommst. Ich werde sowas nicht nochmal als Vorwand benutzen."

Er bezahlte ihre heiße Schokolade und reichte sie ihr, während sie sich vom Stand entfernten.

„Das weiß ich zu schätzen. Ich meine wirklich, was würde es dir nutzen, wenn du das nochmal tun würdest? Wenn du es nochmal tun würdest, würde ich dir wahrscheinlich nie mehr vertrauen."

„Das dachte ich mir. Aber du kannst mir vertrauen."

„Gut, das werde ich. Das ist ein schöner Weihnachtsmarkt, den die Stadt hier veranstaltet." Sie trank einen Schluck von ihrer Schokolade.

„Ja, es ist eine kleine Stadt, aber sieh dir all die Leute an, die hier sind. Die Leute hier feiern einfach gerne Weihnachten. Und viele kommen auch aus der Umgebung. Es ist eine schöne Zeit. Aber ehrlich gesagt komme ich normalerweise nicht zum Weihnachtsmarkt, sondern nur zum Umzug. Aber ich habe dich gesehen und dachte, nachdem wir ja jetzt Freunde sind, sollte ich vorbeikommen und Hallo sagen."

Sie starrte ihn an, und seine Eingeweide verdrehten sich. Hatte er es vermasselt?

„Na dann, hallo", sagte sie mit einem Lächeln und funkelnden Augen. „Ich bin auch hier, um Patienten und ein paar Freunden Hallo zu sagen. Meine Freundin Natalie und ich haben uns gerade getroffen, und jetzt wollte ich mich einfach ein bisschen umsehen."

„Du bist seit etwas über einem Jahr hier und hast hoffentlich schon ein paar Freunde gefunden?"

Sie biss sich auf die Lippe, wahrscheinlich weil sie überlegte, ob sie sich ihm gegenüber öffnen wollte. Doch er war wirklich neugierig. „Die Wahrheit ist, nein, ich habe nicht viele Freunde, eher Bekanntschaften mit den Besitzern der Tiere, um die ich mich kümmere. Was Freunde angeht, mit denen ich abhängen kann, habe ich nicht viele gefunden. Da ist Natalie, aber sie hat immer viel um die Ohren. Du weißt, dass ihre Mutter dieses Jahr wirklich krank war, aber mittlerweile geht es ihr viel besser. Neulich hat sie sogar Abendessen für

Natalie gekocht, was schon eine Weile nicht mehr passiert war. Natalie wollte sich gerade auf den Weg machen, um nach ihr zu sehen. Wir hatten Glück, dass wir uns begegnet sind. So konnten wir uns wenigstens ein paar Minuten unterhalten."

„Im Grunde bist du also geschäftlich hier."

„In gewisser Weise schon, aber ich habe mit der Klinik viel zu tun, also braucht es Zeit, Leute wirklich kennenzulernen. Und solange ich allein arbeite, habe ich viele Notrufe nach Feierabend und kann oft nicht zu solchen Veranstaltungen gehen."

„Und was machst du an Heiligabend und am ersten Weihnachtstag?"

„Ich war letztes Jahr ziemlich neu und wollte die Tage allein verbringen, aber Natalie hat mich eingeladen, mit ihrer Familie zu feiern. Dann wurde ich allerdings zu einem Notfall gerufen und habe einen Großteil der Nacht damit verbracht, einer sehr kranken Kuh zu helfen."

„Wie wäre es, wenn du jemanden einstellst, der für dich einspringt?"

„Nicht an Weihnachten, ich benutze nur eine

Vertretung, wenn ich eine Pause brauche, weil ich zu erschöpft bin. Ich will nicht schuld sein, dass jemand sein Weihnachten verpasst, weil er für mich einspringt, also arbeite ich an Weihnachten immer selbst. Schon bevor ich hierhergekommen bin."

„Du bist eine wirklich aufmerksame Frau. Ich kann nachvollziehen, dass du das tust. Aber du brauchst wirklich jemanden, mit dem du dich bei Notfällen abwechseln kannst."

„Ja, das will ich auch. Und ich suche schon. Aber gerade bin ich hier, um den Weihnachtsmarkt zu genießen." Sie wusste, dass er recht hatte, aber sie war heute Abend hier, um sich zu amüsieren.

„Dann lass uns ein bisschen rumgehen."

„Perfekt", sagte sie und schloss sich ihm an. Ihre Gedanken kreisten, während sie über ihn nachdachte. Er wirkte einfach nicht wie der Mann, für den sie ihn nach all den Artikeln, die sie gelesen hatte, gehalten hatte. Sie hatte ihm keine Gelegenheit gegeben zu beweisen, dass er anders war. Doch in dieser Freundschaftssituation, in der sie sich befanden, konnte sie genau das tun, ohne dass er es bemerkte. Oder?

DES MILLIARDENSCHWERER
COWBOY ZU VERSTEIGERN

Ein Riesenrad kam in Sicht. „Ich liebe Riesenräder. Fährst du mit mir?"

Er sah zum Riesenrad auf und dann wieder zu ihr. „Du stehst wirklich auf Riesenräder?" Sie nickte und lächelte. Er erwiderte es. „Das überrascht mich irgendwie, aber ich mag sie auch. Lass uns fahren."

Sie gingen zur Kasse, und ihr Herz raste, weil sie mit Jake eine Fahrt im Riesenrad machen wollte. Sie setzten sich und wurden von dem Mann, der es bediente, festgeschnallt. Es war eine kleine Bank, also berührten sich ihre Schultern und ihre Schenkel. Hitze schoss durch sie hindurch wie ein Blitz.

Er warf ihr einen Blick zu und sah dann geradeaus. „Das war eine gute Idee. Ich hätte mich zu Hause nur auf die Veranda gesetzt und die Nachrichten oder irgendwas angesehen, wenn ich dir nicht begegnet wäre."

Sie sah ihn an, als sich das Riesenrad in Bewegung setzte. „Ich muss zugeben, dass das viel mehr Spaß macht als Nachrichten zu schauen."

„Da hast du recht." Er lächelte sie an.

Das Riesenrad fuhr langsam und hielt jedes Mal an,

wenn jemand anderes einsteigen wollte. Als sie oben ankamen und alles überblickten, schlug Hannas Herz, ihr verrücktes Herz, bis zu ihrem Hals.

Sie sah ihn an. „Das Riesenrad ist nicht sehr hoch, aber es ist nett. Danke, dass du mit mir fährst."

„Ich bin froh, hier zu sein. Was machst du an Weihnachten?"

Das Rad setzte sich langsam wieder in Bewegung. „Ich werde zu Hause auf einen Notruf warten. Diese Woche war es ruhiger als sonst, was mich misstrauisch macht. Ich meine, ich weiß, dass ihr ein paar Kühe habt, die kalben werden, und ein paar andere Rancher auch. Da könnte es leicht einen Notfall geben, also hänge ich nur zu Hause rum und warte."

„Da du an Weihnachten nirgendwo hingehst, kannst du gerne zu unserem Weihnachtsessen kommen. Wir machen das an Heiligabend. Meine Güte, ja, du arbeitest so viel für uns, lass uns dir damit unsere Dankbarkeit zeigen. Ich meine, du bist mehr als willkommen, und ich weiß sicher, dass niemand aus meiner Familie wollen würde, dass du Weihnachten allein verbringst."

DES MILLIARDENSCHWERER
COWBOY ZU VERSTEIGERN

Es war so verlockend. „Das ist so eine süße Einladung …" Das Riesenrad ruckte, als es mit etwas mehr Kraft, als es beim Aufnehmen von Passagieren hatte, zu seiner eigentlichen Mission aufbrach. Als Jake und sie beide ein Stück nach vorn gestoßen wurden, legte er seinen Arm um ihre Schultern und hielt sie fest.

„Bist du okay?", fragte er. „Das war ein bisschen abrupt."

Hanna erwiderte seinen Blick und nickte. „Danke, dass du mich festgehalten hast."

„Ich bin froh, dass ich hier neben dir sitze", sagte er und drückte ihre Schulter.

„Ich auch." Sie merkte, dass sie das Gefühl seines starken Arms genoss, als seine Finger sich fester um ihre Schulter legten, doch sie ermahnte sich, sich zusammenzureißen.

KAPITEL VIERZEHN

Ihr Handy klingelte, als sie aus dem Riesenrad ausstiegen. Sie zog es aus ihrer Tasche und betrachtete es, dann sah sie Jake an. „Ich muss diesen Anruf von meinem Notrufdienst entgegennehmen."

Er nickte, und sie hob das Handy ans Ohr. Als sie auflegte, begegnete sie seinem Blick. „Es gibt ein Problem draußen auf der Harris-Ranch. Ich muss gehen."

„Ich begleite dich zu deinem Truck. Die haben viel Vieh da draußen."

„Ja, das stimmt." Eilig gingen sie zum Truck.

Er öffnete ihr die Tür. „Was hältst du davon, wenn ich mitkomme?"

Sie starrte ihn an. „Das ist nicht nötig."

„Das weißt du nicht, und du hast niemanden, der dir

sonst helfen könnte, also lass mich heute Abend mit dir fahren." Er zog eine Augenbraue hoch. „Komm, lass mich mitkommen."

Sie seufzte. „Okay gut, danke."

„Wenn irgendwas schiefgehen sollte, bin ich da, anstatt mich schuldig zu fühlen, falls ich morgen erfahre, dass du im Krankenhaus bist."

„Ich bin mir nicht sicher, ob ich von der Bemerkung beleidigt oder berührt sein soll." Und sie wusste es wirklich nicht. Beleidigte er sie oder sagte er ihr, dass er sich um sie sorgte?

KAPITEL FÜNFZEHN

Es war eine der Kühe des Ranchers, die Probleme hatte, und er hatte sie in eine Box im Stall gebracht. Sie war mit einem Geschirr an das Geländer gebunden.

„Ihr Hinterbein ist verletzt und geschwollen", sagte Bart, der Besitzer.

„Ja, das muss genäht werden, und sie wird Medikamente brauchen." Sie ging auf die Knie und stellte ihre Arzttasche neben sich.

Jake stellte sich sofort neben die Kuh und legte eine Hand an ihren Bauch. „Ich werde hier sein, falls sie beschließt, dich zu treten."

„Danke, aber so weit, so gut." Sie bereitete schnell eine Spritze vor und gab dem Tier ein Schmerzmittel, das es entspannen würde, während sie arbeitete. Sie säuberte die Verletzung, nähte den Riss mit ein paar Stichen und trug eine Schicht Salbe auf, bevor sie sie bandagierte. Sie stand auf und blickte zu dem Rancher auf. „Ich denke, sie wird bald wieder in Ordnung sein, aber halt' mich auf dem Laufenden, und wenn du es morgen nicht selbst reinigen und neu bandagieren kannst, ruf' mich an, dann komme ich und mache das. Ich lasse dir aber auf jeden Fall Verbandsmaterial und Salbe da. Und jetzt gebe ich ihr noch ein Antibiotikum." Sie holte eine weitere Spritze aus der Tasche und zog das Medikament auf. Sie injizierte es, während Jake den Rücken der Kuh streichelte, um sie abzulenken.

Der Rancher nickte. „Danke. Das hast du wie immer großartig gemacht. Wir sind sehr dankbar, dich in unserer Gemeinde zu haben."

„Und ich bin froh, hier zu sein. Ruf' mich an, wenn du mich brauchst, Bart. Und noch eine schöne Weihnachtszeit!"

Als sie wieder in den Truck stiegen, bemerkte Jake, dass sie müde war. „Bart ist offensichtlich ein Fan von dir.

Du hast einen guten Ruf hier."

Sie behielt die Straße im Auge. „Gott sei Dank. Der Aufbau einer neuen Praxis erfordert viel harte Arbeit und Hingabe, und ich gebe alles."

„Und du weißt definitiv, wie das geht."

Sie sah ihn an. „Ich musste aus irgendeinem Grund an etwas denken, während wir da drin waren." Sie wandte ihren Blick wieder der Straße zu, ihr Herz schlug schneller. „Ich bin mir nicht sicher, warum ich es damals für eine gute Idee gehalten habe, mit dir auszugehen. Ich bin hierhergekommen, um eine Tierklinik aufzubauen und später eine Familie zu gründen. Ich wollte nicht daten, ich wollte einen Ehemann. Nachdem ich mit dir und ein paar anderen ausgegangen war, ist mir schnell klargeworden, dass das nicht der richtige Zeitpunkt für mich ist, darüber nachzudenken. Ich habe einfach Zeit gebraucht, mein Geschäft aufzubauen."

„Und jetzt brauchst du Zeit, um dich auszuruhen."

„Unsere Entscheidung, Freunde zu sein, Geschäftsfreunde, hat mir geholfen, einen klaren Kopf zu bekommen. Ich baue ein Geschäft auf, und dazu muss ich gute Beziehungen zu Viehbesitzern wie dir und Bart pflegen. Daran sollte ich denken, nicht, einen Ehemann zu finden. Das kann ich immer noch tun, vielleicht in einem Jahr oder so. Und wenn ich jemanden einstellen kann, der für mich arbeitet, entlastet mich das ein bisschen. Aber ich tue meinem Privatleben keinen Gefallen, wenn ich überstürzt versuche, meinen zukünftigen Ehemann zu finden. Ich muss mich bei dir entschuldigen, dass ich dich verurteilt habe. Ich hätte gar nicht erst anfangen sollen, zu daten, solange ich noch die Praxis aufzubauen hatte."

Sie kamen in die Stadt, und er war froh über das Gespräch, das sie angefangen hatte. „Ich verstehe, was du sagst. Und ich mache dir keinerlei Vorwürfe, weil du jetzt weißt, dass ich eine *Geschäfts*beziehung mit dir aufbauen will. Also entspann dich, zwischen uns ist alles gut. Wir sind beide neu ausgerichtet, und ich persönlich mag, was zwischen uns passiert. Ich lerne dich besser kennen und helfe dir gerne. Ich habe den Abend genossen und hoffe, dass du unsere Freundschaft akzeptieren kannst."

Sie hielt neben seinem Truck an. „Ich denke, ich

kann jetzt damit umgehen. Der heutige Abend war ganz hilfreich."

„Gut. Okay, sei vorsichtig, wenn du nach Hause fährst. Und denk' ernsthaft darüber nach, zu unserem Weihnachtsessen bei Cole und Tulip zu kommen. Du bist herzlich eingeladen."

„Ich denke drüber nach. Bis bald."

Er stand da und sah ihr nach, als sie losfuhr, ihr Zuhause war nicht allzu weit entfernt. Er hatte immer noch das Gefühl, er könnte in ernsthafte Schwierigkeiten geraten, da er sich jetzt viel mehr für sie interessierte als zuvor.

Jake hatte sie zum Weihnachtsessen mit ihm und seiner Familie eingeladen.

Das war eine schwierige Situation, und sie dachte den ganzen Weg nach Hause darüber nach. Sie bog in die Auffahrt ein, stellte den Truck ab und saß eine ganze Weile da und dachte darüber nach. Sie hatte sich heute Abend so zu ihm hingezogen gefühlt und wollte gerne zu diesem Essen gehen.

DES MILLIARDENSCHWERER
COWBOY ZU VERSTEIGERN

Er war immer nett gewesen, seit sie sich das erste Mal getroffen hatten. Und sie hatte ihn nach den Artikeln der Klatschmagazine beurteilt. Sie fühlte sich wie ein schrecklicher Mensch.

Wütend auf sich selbst ging sie ins Haus und schwor sich, nicht mehr über diese Klatschmagazine nachzudenken.

KAPITEL SECHEHN

Am folgenden Abend stand Hanna nichts im Wege, als sie die Praxis verließ, zumindest nicht für den Moment, also wollte sie zur Feuerwehr gehen, um beim Geschenkeverpacken zu helfen.

Nachdem sie nach Hause gegangen war und schnell geduscht hatte, um die Tiergerüche loszuwerden, zog sie sich saubere Kleidung an, nahm sich schnell einen Happen zu essen und machte sich auf den Weg zur Feuerwache. Sie freute sich, heute Abend mit den anderen die Weihnachtsgeschenke zu verpacken, die an Bedürftige in der Umgebung verteilt werden würden. Letztes Jahr war sie wegen der Notrufe in ihrer neu eröffneten Praxis nicht dazu gekommen zu helfen. Deswegen war sie begeistert, auch dieses Jahr hier zu sein, und hoffte, dass sie heute Abend nicht weggerufen wurde.

Sie war ein bisschen früh dran, doch die Rolltore der Wache waren geöffnet, und die beiden Feuerwehrautos standen davor. So konnten sie im Notfall schnell zum Einsatz aufbrechen und hatten Platz in der Garage für die Tische zum Einpacken der Geschenke. Sie sah Natalie und ging auf sie zu. Sie begrüßte Leute, die sie an einem anderen Tisch kannte, und winkte Jakes Brüdern und deren Frauen zu, die gerade mit mehreren Feuerwehrleuten sprachen.

„Schön, dass du es geschafft hast." Natalie umarmte sie. Sie war die Bürgermeisterin der Stadt, also war sie für diese Veranstaltung verantwortlich.

„Ich bin auch froh, hier zu sein. Ich war letztes Jahr so enttäuscht, obwohl ich froh war, eine Kuh retten zu können. Es hat mir einfach leidgetan, an meinem ersten Weihnachten in einer neuen Stadt nicht bei einer guten Sache helfen zu können."

„Ja, das hat mir um deinetwillen auch leidgetan, aber ich bin so froh, dass du jetzt hier bist. Es gibt viel zu verpacken, wie du an dem großen Stapel Geschenke dort drüben sehen kannst. Wir haben eine Liste von

Kindern. Du bekommst auch eine und suchst aus dem Stapel heraus, was darauf steht, packst es ein und schreibst den jeweiligen Namen drauf. Dann legst du es in einen der hübschen bunten Kartons, und jemand wird es zu der jeweiligen Person auf der Liste bringen."

„Klingt einfach. Soll ich jetzt anfangen?"

„Gerne. Normalerweise gibt es etwa vier Geschenke pro Namen."

„Okay, ich fange gleich an – muss ich, für den Fall, dass ich weggerufen werde."

„Danke", sagte Natalie. „Aber denk' daran, dass wir hier viele Leute haben, die helfen werden, also übernimm ruhig auch einen kleinen Besuch."

„Das werde ich." Sie ging auf den Tisch zu, auf dem die Geschenklisten lagen.

„Schön, dass du es geschafft hast", sagte der Feuerwehrmann, als er ihr die Liste reichte und dann ihren Namen neben den Namen der Kinder auf seine lange Liste schrieb. „So können wir verfolgen, wer was hat und dass alles verpackt ist. Wenn du fertig bist, schreib den Namen des Kindes drauf und leg alles in die Kartons da drüben, wir kümmern uns um den Rest."

DES MILLIARDENSCHWERER
COWBOY ZU VERSTEIGERN

Sie lächelte und machte sich mit der Liste auf die Suche nach den Geschenken darauf. Sie musste zweimal gehen, da ein Geschenk eine sehr große Puppe in einer unhandlichen Schachtel war. Ein anderes war ein wirklich süßer Rucksack, ein Paket mit zwei Malbüchern mit einer Packung Buntstiften und eine niedliche Decke. Sie konnte die letzten drei auf einmal zum Tisch tragen und blickte gerade auf, als Jake das Gebäude betrat. Ihre Blicke begegneten sich, und ihr Puls schlug schneller, als er sie anlächelte und auf sie zukam.

Mehrere Leute riefen seinen Namen, und er winkte ihnen zu, ging aber weiter auf sie zu. „Wie geht's dir?"

„Mir geht's gut, danke. Ich bin froh, dass ich heute Abend herkommen konnte. Letztes Jahr war ich mitten im Nirgendwo und habe eine Kuh versorgt."

„Tut mir leid, dass du es verpasst hast, aber wenigstens hast du einer Kuh helfen können."

„Ja, das stimmt. Es wäre schrecklich gewesen, sie zu verlieren. Wie geht's dir, nachdem du gestern Abend so lange mit mir unterwegs warst?"

Er grinste. „Ich habe gut geschlafen und bin

gekommen, um zu helfen. Obwohl ich mir sicher bin, dass meine Verpackungskünste nicht ansatzweise mit deinen vergleichbar sind. Ich helfe jedes Jahr, obwohl ich nicht sehr gut im Verpacken bin. Als ich und meine Brüder klein waren, hat uns unser Vater immer hierher mitgenommen. Wir hatten unseren eigenen Tisch und haben mitgemacht, mit mäßigem Erfolg." Er schmunzelte. „Wir haben es trotzdem gemocht. Du bist früh hier, aber bald dürften auch ein paar Familien kommen. Viele bringen ihre Kinder mit, so wie Dad es mit uns gemacht hat."

„Ich wollte gleich zu Anfang kommen, falls ich weggerufen werde."

„Gute Idee. Getränke und Snacks werden gleich da drüben aufgebaut. Es gibt reichlich zu essen, falls du Hunger bekommst."

„Gut zu wissen." Sie nahm eine Rolle Geschenkpapier vom Stapel, der für ihren Tisch bereitlag.

Er sah zu, wie sie sie ausrollte und dann eine Schere nahm. „Ich sage besser allen Hallo und hole mir dann auch ein paar Geschenke zum Einpacken. Wir sehen uns später."

Sie sah ihm nach, als er davonging, und ging wieder einmal die Gedanken durch, die sie letzte Nacht geplagt hatten, als sie im Bett gelegen war. Sie hatte versucht, ihn als Freund zu sehen, stattdessen konnte sie nicht aufhören, ihn als den Cowboy zu sehen, mit dem sie ausgehen wollte. Genauso, wie sie bei ihrer ersten Begegnung über ihn gedacht hatte, als sie sofort seine Einladung auf ein Date angenommen hatte. Dann hatte sie nach dem ersten Date über ihn im Internet recherchiert, und all die Klatschmagazinartikel waren auf dem Bildschirm aufgetaucht und hatten die Situation verändert. Sie war nur mit ihm auf das zweite Date gegangen, weil sie schon zugestimmt hatte. Doch trotz der Anziehung, die sie für ihn empfand, hatte sie nicht aufhören können zu denken, dass er nicht die Art von Mann war, die sie heiraten würde.

„Hallo, ist hier noch Platz für mich zum Einpacken?", fragte eine Frau, die einen Stapel Geschenke trug.

Hanna lächelte sie an, froh über eine Ablenkung. „Klar, hier ist Platz genug."

„Danke. Ich bin Judy", sagte sie, als sie ihre Geschenke auf den Tisch legte.

„Ich bin Hanna."

„Freut mich, dich kennenzulernen." Judy nahm eine Papierrolle. „Du bist die Tierärztin, nicht wahr?"

Hanna lächelte ein bisschen erschrocken, da sie die Frau noch nie zuvor gesehen hatte. „Ja, bin ich. Hast du Tiere?"

Sie rollte ihr Papier aus und machte sich ans Verpacken. „Ich habe keine Tiere, aber als ich meine Geschenke geholt habe, habe ich ein paar Männer darüber sprechen gehört, was für eine gute Arbeit du leistest. Sie haben in diese Richtung geblickt, und ich dachte, dass du das sein musst."

„Ja. Ich habe letztes Jahr kurz vor Weihnachten hier angefangen. Hast du Familie hier? Mann und Kinder?"

„Nein, aber eines Tages, wenn ich einen finde." Judy lächelte und sah sich im Raum um. „Ich bin Lehrerin und habe Anfang des Jahres angefangen, hier zu unterrichten, ich bin also auch erst seit ein paar Monaten hier. Hier gibt es einige richtig gutaussehende Cowboys. Der, der über dich gesprochen hat, ist umwerfend. Ich glaube, sein Name ist Jake?"

Sie verspürte einen Anflug von Eifersucht. „Ach, Jake hat das gesagt? Er ist ein sehr beschäftigter Typ, aber sehr nett." Ihr Blick verweilte bei ihm, als er sich mit ein paar Männern unterhielt, und ihr Herz pochte ein wenig mehr.

„Ja, er ist nett, aber er hat nichts mit der Schule zu tun, also kenne ich ihn kaum. Ich habe letztes Jahr noch nicht hier gewohnt, aber ich habe gehört, dass er normalerweise hier mitmacht."

War Judy nur hierhergekommen, um in Jakes Nähe zu sein?

Hanna packte ihr erstes Geschenk fertig ein und griff nach einem Band, um Judys Blick auszuweichen. Sie wusste nicht wirklich, was sie sagen sollte, doch sie wusste, dass sie eifersüchtig war.

Jake hatte sich sehr gefreut, Hanna hier zu treffen. Er hatte letzte Nacht nicht viel geschlafen, da er die meiste Zeit damit verbracht hatte, an sie zu denken. Fast pausenlos. Er hatte die Grenze überschritten und wollte mehr, doch er musste sich zurückhalten.

Als er die Feuerwache betreten hatte, hatte er sie sofort gesehen und war vor Begeisterung fast geplatzt. Begeisterung, die er kontrollieren musste. Doch dann hatte er gesehen, wie sie aufgeblickt hatte, und ihre Blicke waren sich begegnet, und sie schien von ihm angezogen zu sein.

Sie hatte den Abend zuvor gesagt, sie glaubte, dass ihre Beziehung wichtig sei. Doch sie hatte über ihre Arbeitsbeziehung gesprochen. Er war hinübergegangen und hatte Hallo gesagt und kurz mit ihr geredet, dann hatte er sich gezwungen, wegzugehen und nicht ihre ganze Zeit in Anspruch zu nehmen. Als er nun seine Geschenke zum Verpacken zusammensuchte, wollte er zu ihrem Tisch gehen, doch stattdessen ging er zu einem zwei Tische von ihrem entfernt. Er stellte sich so, dass er sie ansehen konnte, ohne an ihrem Tisch zu sein – wo er am liebsten gewesen wäre.

„Wie geht's?", fragte er Herb, den älteren Postboten des Ortes, der auf der anderen Seite des Tisches stand und Geschenke einpackte.

„Gut. Ich habe wie verrückt Weihnachtspakete

ausgeliefert."

„Und jetzt sind Sie hier und packen auch noch welche ein."

Der ältere Mann grinste. „Es macht mir Spaß. Ich helfe gerne hier, weil ich nicht derjenige bin, der sie ausliefern muss. Ein paar Freiwillige machen das. Ist das dieses Jahr auch so?"

Jake schmunzelte. „Ja. Ich werde am Morgen des 24. einer der Zusteller sein. Dann können die Eltern sie rechtzeitig für ihre Kinder unter den Baum legen."

„Das ist eine gute Sache. Schön, dass du mitmachst, Junge."

„Und was machen Sie über Weihnachten?"

„Ich fahre morgen früh zu meinem Sohn und seiner Familie, um Weihnachten mit ihnen zu verbringen. Wenn das Wetter hält. Es soll schlechter werden, aber ich fahre früh los, um dem zu entkommen."

„Oh, das wird sicher schön. Ich hoffe, das Wetter bringt die Auslieferung der Geschenke nicht durcheinander." Jake legte sein verpacktes Geschenk zur Seite.

„Ach nein. Und wenn es das versucht, denke ich,

dass ihr alle schon damit umgehen könnt."

„Ja, danke, aber ich glaube, es wird nicht so schlimm werden."

„Wahrscheinlich hast du recht." Herb grinste ihn an. „Ich gehe mir einen Kaffee und einen Snack holen, bevor ich weitermache."

„Geht klar", sagte Jake und blickte auf, um Herb hinterherzusehen, doch er bemerkte, dass Hanna ihn beobachtete. Er lächelte, als sie schnell den Blick abwandte, denn er konnte nicht umhin zu denken, dass sie wirklich interessiert sein könnte.

Als er weiter Geschenke einpackte, kreisten seine Gedanken darum, dass er mehr als nur mit ihr befreundet sein wollte. Oh ja, Freundschaft war gut, aber die Wahrheit war, er hatte sich noch nie zu jemandem so hingezogen gefühlt wie zu ihr. Und er musste einen Weg finden, ihr näherzukommen.

KAPITEL SIEBZEHN

Hanna biss sich auf die Lippe und schnitt Papier für ihr nächstes Weihnachtsgeschenk ab. Er hatte sie dabei erwischt, wie sie ihn angestarrt hatte.

„Du Glückskind", sagte Judy. „Jake beobachtet dich. Er interessiert sich für dich. Dann ist klar, dass es ein verlorener Kampf für mich wäre."

Überrascht von ihren Worten sah Hanna sie an. „Wie kommst du denn darauf?"

„Weil es offensichtlich ist, dass er dir all seine Aufmerksamkeit schenkt."

Ein Kribbeln durchfuhr ihren Körper. „Wir sind Freunde."

„Das sagst du so, aber aus seiner Perspektive sieht das anders aus. Du bist offensichtlich interessiert."

Da sie nicht wusste, was sie sagen sollte, benutzte

sie eine Ausrede. „Ich brauche was zu trinken. Bin gleich wieder da." Dann wandte sie sich ab und ging zu dem Tisch, an dem eine Auswahl an Getränken stand. Sie goss sich ein Glas ungesüßten Tees ein und trank einen Schluck, danach zog sie ihr Handy aus der Tasche und warf einen Blick darauf, um sicherzugehen, dass ihr niemand eine SMS wegen eines Notfalls geschickt hatte. Sie war sehr froh, als sie keine verpassten Anrufe oder Nachrichten fand.

„Irgendwas Interessantes?" Sie kannte diese Stimme.

Jake grinste sie an. „Wollte dich nicht erschrecken."

„Schon gut. Ich habe nur nachgesehen, ob ich Nachrichten habe, weil ich nichts von meinem Rufdienst verpassen wollte. Ich hab' dir ja gesagt, dass zu dieser Jahreszeit normalerweise viel los ist, und bisher war es so. Ich freue mich über einen entspannteren Abend. Natürlich könnte ich immer noch mitten in der Nacht gerufen werden."

„Ja, daran habe ich gestern Abend auch gedacht, als ich mit dir zu Bart gefahren bin; daran, dass du wahrscheinlich viel nachts allein unterwegs bist. Ich finde das, na ja, ein bisschen besorgniserregend."

Er machte sich Sorgen um sie, und die bloße Vorstellung ließ sie erschauern. „Nun, ich meine, es gibt nicht wirklich jemanden, der sich Sorgen um mich macht, aber ja, es könnte unter Umständen gefährlich sein. Ganz ehrlich, ich bin nicht unbewaffnet, wenn ich allein da rausfahre. So bin ich mir ziemlich sicher, dass ich auf mich selbst aufpassen kann." Aber ihr gefiel die Vorstellung, dass er sich Gedanken darüber machte.

„Ich wollte gerade für ein paar Minuten raus, Pause machen. Willst du mitkommen?"

Sie hatte bis jetzt Weihnachtsgeschenke für drei Kinder eingepackt, und sie war ein bisschen verspannt in den Schultern, also wäre eine Pause eine gute Ausrede, mit ihm zu gehen. „Sicher, ich habe zwar, seit ich gekommen bin, noch nicht viele Geschenke eingepackt, aber eine Pause wäre trotzdem gut. Da drüben ist noch ein riesiger Haufen Zeug, das verpackt werden will, also steht uns noch einiges bevor, und ich werde nicht lange draußen bleiben."

„Ja, das kannst du natürlich, wenn du willst. Aber

es kommen dauernd neue Leute rein, und alle wollen mit anpacken. Mir ist aufgefallen, dass du wirklich schnell bist beim Geschenkeverpacken."

Sie lachte und ging mit ihm nach draußen. „Als ich in der Uni war, habe ich an Wochenenden und Feiertagen in einem Kaufhaus gearbeitet, und Geschenkeverpacken gehörte zu meiner Arbeit. Also ja, ich wickle ziemlich schnell, da ich das da meistens allein machen musste. Ich selbst habe nicht wirklich Geschenke einzupacken, also ist das für mich so eine Art Reise zurück in die Vergangenheit."

„Ah, jetzt verstehe ich."

Sie waren nach draußen gegangen, und er wandte sich dem weichen Gras zu, das die Feuerwache umgab. Sie bemerkte, dass mehrere Leute Pause machten, also hatte sie kein schlechtes Gewissen deswegen. Sie hatten ihr gesagt, dass sie nicht die ganze Zeit arbeiten musste, doch sie war einfach jemand, der sich auf das konzentrierte, was er tat.

Jake blieb an einem Baum am Gehweg stehen. „Hattest du heute bei deinen Hausbesuchen irgendwelche Probleme?"

„Nein, es waren ein paar Geburten von Kälbern, deren Mütter sich schwergetan haben."

„Ich bin ehrlich gesagt erstaunt, dass wir dich noch nicht rufen mussten. Wir haben so viele trächtige Kühe, doch einige haben schon ohne Probleme gekalbt. Aber bei der Menge ist es schon erstaunlich, dass keine in Schwierigkeiten gerät. Wir haben immer jemanden, der sie im Auge behält, nur für den Fall. Aber es kann jederzeit losgehen."

„Du hast recht. Vor allem bei dem superkalten Wetter, das bald kommen soll."

„Das denke ich auch. Apropos kaltes Wetter, an Heiligabend sollen wir laut Wettervorhersage Schnee bekommen. Hast du dich schon entschieden, ob du zum Abendessen kommen willst? Ich kann dich abholen, damit du dir keine Sorgen machen musst, im Schnee zu fahren, falls es wirklich schneien sollte."

Ihr Innerstes war aufgewühlt. „Ich habe mich wirklich noch nicht entschieden, was ich tun soll. Der Schnee und die niedrigeren Temperaturen könnten dafür sorgen, dass viele Kälber kommen."

„In dem Fall bringst du deinen Truck mit, damit du

bei einem Notruf alles hast, was du brauchst – einschließlich eines Weihnachtsessens."

Sie holte tief Luft. „Okay, das sollte funktionieren. Wenn ich gebraucht werde, bin ich bereit."

„Perfekt. Ich freue mich, dass du kommst. Die anderen werden sich auch freuen."

Hanna hielt seinem Blick stand, dann lächelte sie. „Ich freue mich auch, danke. Aber nur, damit du vorgewarnt bist: letztes Jahr war ich den größten Teil des Weihnachtsabends und des Weihnachtstages unterwegs."

Er runzelte die Stirn. „Dann hoffen wir, dass das dieses Jahr nicht passiert."

Sie hoffte, dass er recht hatte, hatte aber das ungute Gefühl, dass sie dieses Glück nicht haben würde.

„Du und unsere Tierärztin fühlt euch offensichtlich zueinander hingezogen. Du denkst vielleicht, dass du es gut vertuschst, aber das tust du nicht", sagte Cole mit einem Grinsen, nachdem Jake nach seiner Unterhaltung mit Hanna wieder hereingekommen war.

„Ich meine, ja, aber da ist viel im Weg. Ich versuche, die Stolpersteine über eine Freundschaft aus dem Weg zu räumen. Allmählich denke ich, ihr wird klar, dass sie sich in Bezug auf mich und das, was die Boulevardzeitungen verbreitet haben, vielleicht getäuscht hat. Mit ihr abzuhängen hat geholfen. Sie kommt übrigens mit uns zum Weihnachtsessen zu euch nach Hause. Letztes Jahr war sie Heiligabend und Weihnachten die meiste Zeit im Einsatz. Diese Frau arbeitet sich krumm."

„Du scheinst ziemlich scharf darauf zu sein, ihr näherzukommen. Wenn wir einen Notfall auf der Ranch haben, werden wir dafür sorgen, dass du da bist, wenn sie kommt. Wir haben schon darüber gesprochen, und viele Kühe sind kurz vorm Kalben. Einige von ihnen haben ja immer Probleme damit. Gott sei Dank nicht alle, aber wenn eine von ihnen Hanna braucht, wirst du derjenige sein, der ihr da draußen hilft."

Er starrte seinen Bruder an. „Ihr wollt uns also unbedingt zusammenbringen."

„Ja, wir wollen dich unter die Haube bringen. Und wir sind uns alle einig, dass sie perfekt für dich ist."

„Das kann ich nicht leugnen. Der Gedanke gefällt mir."

„Dann sei bereit."

„Okay. Ich schätze, es ist Zeit, mit dem Aufräumen anzufangen?"

„Ja, ich denke schon. Du lieferst am 24. mit aus?"

„Ja. Du nicht?"

„Doch, ich habe es vor, und meine süße Frau wird mich begleiten. Wir freuen uns darauf. Tulip sagt, es ist eine schöne Art, Weihnachten einzuläuten. Eines Tages, wenn wir ein Baby haben, werden wir es nicht mehr so oft tun können, also ist jetzt die Zeit, unseren Teil beizutragen. Bis später."

„Ein Baby? Habe ich was verpasst?"

„Noch nicht, aber hoffentlich bald." Cole grinste, als er davonging.

Jake sah seinem Bruder nach, als ihn eine Welle des Neides überraschte. Ja, er war bereit für eine Familie. Er hatte versucht, es zu leugnen, doch es war so, und schon nach den wenigen Verabredungen mit Hanna hatte er gewusst, dass sie etwas ganz Besonderes war. Dann hatte sie ihm einen Korb gegeben, und er hatte entschieden, dass es vielleicht noch nicht an der Zeit war, darüber nachzudenken, ob er vielleicht die Richtige gefunden hatte. Doch jetzt wusste er, dass er in Hanna verliebt war.

Er half, Tische zusammenzuklappen, während die Frauen übriges Geschenkpapier einsammelten. Sein Blick fiel auf Hanna, die die Geschenkpapierrollen in eine Kiste stellte und in seine Richtung sah. Ihre Blicke kollidierten. Er lächelte, dann machte er sich wieder an die Arbeit, in der Hoffnung, dass etwas diese Beziehung voranbringen würde.

Doch er würde sich bemühen, ein guter Freund zu sein, bis sie den ersten Schritt machte. Das Letzte, was er wollte, war, sie wieder zu verscheuchen.

KAPITEL ACHTZEHN

Am nächsten Tag war im Büro eine Menge los, da die Leute ihre Hunde und Katzen für die unsinnigsten Kleinigkeiten hereinbrachten. Sie wollten, dass sie auch sicher gesund waren, wenn ihre Familien in den folgenden Tagen zu Besuch kamen. Sie war den ganzen Tag beschäftigt und hatte nach der Sprechstunde ein paar Hausbesuche zu erledigen. Als sie nach Hause kam, war sie erschlagen und ging schnell zu Bett.

Bei ihrem vollen Terminkalender und den anstehenden Feiertagen entschied sie zu schlafen, wann immer sie konnte. Sie überstand den nächsten Tag in der Praxis und machte sich am darauffolgenden Morgen auf den Weg in die Stadt, um bei der Verteilung der Geschenke an die bedürftigen Familien zu helfen. Sie sprach ein kurzes Gebet, dass sie keine Notrufe haben würde. Sie wollte nicht, dass jemand, mit dem sie unterwegs war, gezwungen war, zurück in die Stadt zu fahren, um sie bei ihrem Truck abzusetzen. Sie wollte den Kindern die Geschenke bringen, und auch, wenn sie sie nicht beim Auspacken sehen würde, machte es trotzdem Spaß, den Weihnachtsmann zu spielen.

Sie parkte ihren Truck so, dass sie leicht ausparken konnte, wenn ein Notruf kam, und ging dann in die Feuerwache. Sie entdeckte den Feuerwehrchef und lächelte ihm zu. „Hi, ich bin hier, um zu helfen."

„Guten Morgen, ich würde dich bitten, Jake zu helfen. Er kommt gerade rein. Geh da rüber und hilf ihm, die Kisten in den Truck zu laden. Hier sind die Adressen der fünf Familien, die ihr beliefern werdet. Sie sind alle draußen auf dem Land, aber wir haben die Adressen so zusammengefasst, dass sie nicht zu weit voneinander entfernt sind. Wir wollen ja nicht nur, dass sie ihre Geschenke bekommen, wir wollen ja auch, dass ihr an Heiligabend nicht zu spät zu Hause seid."

„Danke, das ist sehr aufmerksam." Sie nahm die Liste, die er ihr reichte, und versuchte, nicht geschockt oder glücklich auszusehen. Sie nahm sie einfach und lächelte ihn an. „Das wird schön werden." Sie ging auf Jake zu, der gerade aus seinem Truck stieg und sie bemerkte.

Er lächelte. „Hanna, schön dich zu sehen."

Ihr Herz fing sofort an zu flattern. „Ich bin dein Partner für heute. Hier ist unsere Liste. Wir können losmachen, sobald wir alles aufgeladen haben."

„Das klingt nach einem Plan." Er nahm die Liste, die sie ihm entgegenhielt, sah sich um und fand die Kisten. „Das sind unsere fünf."

Sie griff nach einer der Kisten, die nicht allzu schwer aussah, trug sie zum Truck und reichte sie Jake, nachdem er seine auf die Ladefläche gestellt hatte. Wenige Minuten später hatten sie alle geladen.

Sie stiegen in den Truck, und er sah sich die erste Adresse an. „Auf geht's. Das erste Haus ist das am weitesten entfernte, ungefähr fünfzehn Meilen. Die nächsten vier sind dann auf dem Weg zurück in die Stadt."

„Das klingt sinnvoll." Aufgeregt schnallte sie sich an. Sie hatte insgeheim gehofft, er würde ihr Partner beim Ausliefern sein, und war so froh, dass sich ihre

Hoffnung bewahrheitet hatte.

Er fuhr auf die Straße hinaus und warf ihr einen Blick zu. „Hattest du eine anstrengende Woche?"

„Ein bisschen, aber ich habe gestern Nacht ziemlich gut geschlafen, also geht's mir gut. Ich wollte für heute Morgen ausgeruht sein. Weißt du, wie ich schon sagte, letztes Jahr konnte ich nicht helfen, also bin ich glücklich, heute hier zu sein."

„Ich freue mich, dass du dieses Jahr mitmachen kannst. Ich kann meinen Zeitplan anpassen, wie ich will, es sei denn, eines unserer Tiere hat einen Notfall. In dem Fall bin ich eingeteilt, mit dem Tierarzt zu arbeiten, und da du das jetzt bist, weißt du, wen du dieses Jahr treffen wirst. An Weihnachten wechseln wir uns jedes Jahr ab."

Als sie das hörte, durchfuhr sie ein Nervenkitzel. „Na ja, es ist nicht so, als hätten wir uns nicht zwischenzeitlich aneinander gewöhnt, nicht wahr?"

Er lächelte. „Das denke ich auch. Wenn wir einen Notfall haben, dann bist du diejenige, die ich da haben will."

Hannas Puls flatterte, während ein Lächeln über ihr Gesicht huschte. Er war derjenige, den sie wollte, egal was passierte.

Jake gefiel ihre Freude daran, Kindern zu helfen, Tieren zu helfen, und ihr Lächeln gerade zeigte ihm, dass sie glücklich war, dass er ihr helfen würde.

Sein Herz hatte gepocht, seit er sie gesehen hatte. Er hatte schon vorgehabt, den Hauptmann zu bitten, sie zusammen einzuteilen, um die Spielsachen auszuliefern, doch er hatte nicht fragen müssen. Offensichtlich hatte der Mann Augen im Kopf.

Sie fuhren zum ersten Haus, um die Geschenke abzugeben. Das Haus war nicht groß und gehörte einem Paar, das zwei Kinder hatte und hart arbeitete, um über die Runden zu kommen. Sie fuhren zum vereinbarten Ort, um die Geschenke abzuliefern. Auf halber Höhe der Auffahrt hatte der Vater einen Viehanhänger stehen lassen, der auf sie wartete. Jake parkte seinen Truck und stieg aus. Hanna folgte ihm.

„Die Geschenke kommen hinten in den Anhänger."

„Ich mache ihn für dich auf", sagte Hanna, und nachdem er die Geschenke darin abgestellt hatte, lächelte sie ihn an.

Sein Herz raste noch mehr. „Das macht dir Spaß, oder?"

„Ja. Die Eltern hatten eine clevere Idee."

Er schloss die Tür, und sie gingen zurück zum Truck. „Das finde ich auch."

Augenblicke später fuhren sie zurück zur Straße.

„Machen die Leute das immer, ich meine irgendwas bereitstellen, damit wir die Geschenke unauffällig zurücklassen können? Ich habe nicht daran gedacht, dass die Kinder ja nicht sehen sollen, wie wir die Geschenke ausliefern."

„Alle haben Anweisungen hinterlassen, wo wir die Pakete hinterlassen können. Hoffentlich klappt es immer. Wenn wir Regen erwartet hätten, hätten wir alles in einen großen Plastiksack gepackt."

„Guter Plan. Ich schätze, nicht jeder hat einen Viehanhänger."

„Stimmt, aber alle haben etwas. Der kleine Unterstand, in dem die Kinder auf den Schulbus warten, ist anderthalb Meilen vom Haus entfernt. Dort lassen wir die nächsten Geschenke. Sie haben gerade keine

Schule, also wartet ihr Vater auf uns. Der Unterstand ist am Ende ihrer Auffahrt, daher kann man ihn vom Haus aus nicht sehen."

„Das ist gut."

„Ja, sie alle haben Ideen, die gut funktionieren."

Bald fuhren sie für die letzten drei Lieferungen einige lange unbefestigte Straßen hinunter.

Für die nächste Familie deponierten sie die Geschenke in einer Heuscheune. Er schickte dem Vater eine Nachricht und bemerkte, dass sie ihn neugierig ansah. Er lächelte. „Ich schicke dem Vater gerade eine SMS, damit er weiß, dass er die Geschenke abholen kann."

„Das ist großartig. Ich bin mir sicher, dass sie morgen glückliche Kinder haben werden", sagte Hanna.

„Weil Leute wie du gekommen sind und geholfen haben. Selbst wenn du keine Zeit gehabt hättest, rauszukommen, um zu helfen, du hast Geld gespendet, um Geschenke zu kaufen. Und das ist ein ganz wichtiger Teil der Aktion. Wenn wir kein Geld hätten, hätten wir keine Geschenke. Ich muss aber sagen, es war schön, dich beim Geschenkeeinpacken zu sehen." Er hielt ihren

Blick fest und freute sich, zu sehen, dass ihre Miene weicher wurde.

„Danke, es war schön, da zu sein. Es macht dieses Weihnachten zu was Besonderem. Vielleicht besser als alle Weihnachtsfeste, die ich seit dem Tod meines Vaters hatte."

„Dann freut es mich umso mehr, eine Rolle dabei zu spielen. Wir sollten uns an die letzten Lieferungen machen und dann zurückfahren. Danach setze ich dich bei deinem Truck ab, und dann hoffe ich, dass du heute Nachmittag keine Notrufe hast und gegen sechs zum Ranchhaus kommst."

Hanna war so berührt und so begeistert, dass sie eingeladen war. Er setzte sie bei ihrem Truck ab und sagte ihr, dass er sich darauf freue, sie bald zu sehen. Dann hatte er ihr zugezwinkert, als sie losgefahren war. Sie lächelte und stellte fest, dass sie von mehr als einem Augenzwinkern träumte.

Es war Heiligabend, und als sie die Straße hinunter zu ihrem Haus fuhr, wünschte sie sich nichts mehr als einen Kuss von Jake.

Wenn sie ehrlich war, begann sie zu glauben, dass mehr zwischen ihnen sein könnte. Und sie freute sich darauf, mit ihm und seiner Familie zu Abend zu essen.

Zum Glück hatte sie keine Notfälle und freute sich darauf, sich für das Abendessen anzuziehen. Sie zog eine hübsche Jeans an, ein blaues Seidentop und ein Paar weiche Wildlederschuhe. Doch sie brachte ein Flanellhemd, ihre Arbeitsjacke und Stiefel zum Truck, nur für den Fall, dass sie sie heute Abend brauchte. Sie holte noch ihre Jacke und ihre Handtasche, dann ging sie wieder hinaus.

Sie freute sich darauf, Weihnachten tatsächlich mit jemandem zu verbringen. Jemandem und seiner Familie.

Als sie auf der Ranch ankam, parkte sie rückwärts neben den anderen Fahrzeugen, damit sie bei Bedarf schnell losfahren konnte.

Sie ging zur Tür, und Jake schwang sie sofort auf. Ihr Herz donnerte gegen ihre Rippen.

Er lächelte strahlend. „Ich freue mich so, dass du da bist. Bitte, komm rein. Die anderen sind auch begeistert, dass du hier bist. Sie freuen sich, dich zu sehen, aber ich habe ihnen gesagt, dass sie dich nicht alle an der Tür überfallen sollen."

Er hatte sie zuerst begrüßen wollen. Sie lächelte. „Danke für die Einladung. Ich freue mich, hier zu sein, und bin so dankbar, bis jetzt noch keinen Notfall zu haben. Aber ich bin vorbereitet."

Jake schloss die Tür hinter ihr und führte sie den Flur hinunter. „Ich denke, du hast so hart gearbeitet, dass du dafür mit einem freien Abend hier beim Weihnachtsessen belohnt wirst."

Sie traten in die Küche, wo alle in ihre Richtung starrten. Sie sah Cole und Tulip, Levi und Rita, Bret und Ellie und Austin, der immer noch Single war wie Jake. Alle lächelten sie an.

„Hi, vielen Dank für die Einladung."

Alle umarmten sie und begrüßten sie. Angesichts dieser Begrüßung hätte sie fast angefangen zu weinen.

„Wie du sehen kannst, sind alle begeistert, dass du hier bist", sagte Tulip.

„Das bin ich auch. Letztes Jahr habe ich den ganzen Abend gearbeitet, und in den Jahren davor, als ich noch studiert habe, habe ich zu dieser Zeit in einem Laden gearbeitet."

„Du bist nicht nach Hause gegangen?", fragte Ellie.

„Nein. Mein Vater ist ein paar Jahre zuvor gestorben und meine Mutter als ich ein kleines Mädchen war, also wollte ich nicht in ein leeres Haus gehen. An den Feiertagen zu arbeiten war für mich normal. Ihr helft mir heute Abend, mit einer langen Gewohnheit zu brechen. Und ich weiß, dass mein Vater von oben herunterlächelt." Und ihre Mutter auch.

„Wir freuen uns, dass wir das tun können", sagte Rita. „Du hast eine Menge durchgemacht. Und ich bin so froh, dass du heute Abend zu uns zum Essen gekommen bist."

„Ganz meine Meinung", sagte Jake, seine Hand an ihrem unteren Rücken. Sie sah ihn an. „Ich bin sehr froh, dass du hier bist."

Sie konnte ihre Augen nicht von ihm abwenden. Er war es, der es für sie zu etwas ganz Besonderem machte, hier zu sein.

KAPITEL NEUNZEHN

Sie saßen um den Tisch herum und aßen ein fantastisches Essen, das Jakes Schwägerinnen gekocht hatten. Rita erzählte, dass die Großmutter ihres Sohnes Toby angekommen war und die beiden zu Hause geblieben waren, um Zeit allein miteinander zu verbringen, bevor er schlafen ging und mit den Geschenken aufwachte, die der Weihnachtsmann ihm bringen würde. Es war offensichtlich, dass Rita ihren Sohn und ihre Mutter liebte. Sie entschuldigte sich dafür, dass sie nicht hier waren, wusste aber, dass jeder sie verstehen würde. Und das taten sie.

Sie waren eine großartige Gruppe, und es war ein wunderschöner Abend.

Alle zu sehen und ihnen zuzuhören gab ihr einfach ein gutes Gefühl. Es erinnerte sie auch daran, wie sehr sie heiraten und Kinder haben wollte. Ihre kleine Familie, die nur aus ihrer Mutter und ihrem Vater bestanden hatte, war viel zu früh auseinandergerissen worden. Und eine neue Familie zu gründen lag ganz bei ihr.

Sie warf Jake einen Blick zu, der den Abend offensichtlich genauso genoss wie alle anderen. Er sah sie an, und seine Lippen verzogen sich zu einem Lächeln. Sie erwiderte es und konzentrierte sich dann auf Ellie, die von einem Weihnachtsfest aus ihrer Kindheit erzählte, als sie lange aufgeblieben war und sich hinter einem Sessel versteckt hatte, um zu sehen, wie der Weihnachtsmann durch den Schornstein kam.

„Ich war erst fünf, aber als ich gesehen habe, wie mein Vater das Fahrrad ins Haus trug, um das ich den Weihnachtsmann gebeten hatte, habe ich nach Luft geschnappt und meinen Dad erschreckt, der das Fahrrad sofort abgestellt hat und kam, um mich zu holen. Natürlich hat er sich schnell eine Geschichte einfallen lassen und mir erzählt, dass er nur dem Weihnachtsmann geholfen hat, weil er mit seiner Lieferung spät dran war. Er hat gesagt, er hätte dem

Weihnachtsmann erlaubt, alles auf der Veranda zu lassen, und er würde es ins Haus bringen, dann hat er mich wieder ins Bett geschickt."

„Bist du gegangen?", fragte sie.

„Ja, und ich hatte einen großartigen Weihnachtsmorgen, den ich nie vergessen werde. Und ich bin mir sicher, dass mein Dad und meine Mom erleichtert aufgeatmet haben, dass ich ihm geglaubt habe."

Alle lachten und Hanna auch. Ihr Vater war gestorben, als sie eine junge Erwachsene gewesen war, und es war schwer für sie gewesen. Doch sie war noch ein kleines Kind gewesen, als sie ihre Mutter verloren hatte. Sie war seit dem Tod ihres Vaters allein, doch den heutigen Abend verbrachte sie in einer Familie. Und sie liebte es.

Jake hatte es genossen, beim Abendessen neben Hanna zu sitzen. Jetzt standen sie gerade vom Tisch auf, um ins Wohnzimmer zu gehen und dort weiterzufeiern, als Jake einen Anruf bekam. Er warf einen Blick auf das Display und sah, dass es der Rancharbeiter war, der heute Abend über die trächtigen Kühe wachte.

Er entschuldigte sich und ging in den Flur. „Mike, was gibt's?"

„Wir haben eine Kuh, der es gar nicht gut geht. Ich denke, du solltest den Tierarzt rufen. Die Kuh kämpft, und ich glaube nicht, dass sie dieses Baby allein zur Welt bringen kann."

Er erklärte Jake die Situation, und so sehr es Jake auch leidtat, er musste es Hanna sagen. Nachdem er aufgelegt hatte, fühlte er sich mies, als er das Wohnzimmer betrat. „Das ist zwar das Letzte, was ich für heute Abend wollte, aber wir haben eine Kuh, die in Schwierigkeiten ist. Es tut mir wirklich leid, aber ich fürchte, wir brauchen dich im Stall."

Hanna war schon aufgestanden. „Tut mir nicht leid, ihr habt mir einen absolut wunderbaren Abend geschenkt. Danke euch allen! Lass mich nur schnell meine Stiefel und mein Arbeitshemd aus dem Truck holen und mich umziehen."

„Ich fahre mit dir und zeige dir, wo wir hinmüssen", sagte Jake. „Komm, lass uns deine Sachen holen, dann kannst du dich im Bad im Flur umziehen."

Sie sah ihn an. „Okay, dann lass uns dein Kalb retten gehen."

„Ich melde mich später bei euch", sagte Jake, als er den Flur entlang voranging. Dann nahm er seine Jacke von der Garderobe und ging zur Tür hinaus.

Diese Frau war erstaunlich, daran gab es keinen Zweifel. Gestern hatten sie die trächtigen Kühe näher an den Stall gebracht, in die Nähe der Hütte. Sie war nicht auf derselben Weide, aber in der Nähe – das hatte er wegen der Schneegefahr vorgeschlagen.

Er ließ den Motor an, um den Truck aufzuheizen, während Hanna wieder ins Haus ging, um Hemd und Stiefel anzuziehen. Er hoffte, dass es keine allzu schlimme Situation war, und es hörte sich nicht so an, als wäre es etwas, womit sie nicht umgehen könnte.

Als sie aus dem Haus kam, hatte er schon auf dem Beifahrersitz ihres Trucks Platz genommen. „Ich dachte, du würdest deinen Truck selbst fahren wollen."

„Ja, danke. Du sagst mir einfach, wohin ich fahren soll."

„Es ist in der Nähe der Hütte mit dem Grillplatz,

wir haben alle trächtigen Kühe dorthin gebracht."

„Dann halt' dich fest, los geht's."

Sie kamen bald an, und da es keinen Sinn hatte, einen dritten Mann dazuhaben, schickte er Mike nach Hause, damit er ein bisschen schlafen konnte, bevor er den Weihnachtstag mit seiner Familie verbrachte. „So bist du wenigstens zu Hause, bevor der Schnee kommt."

„Bist du sicher?"

„Ganz sicher. Ich bin mitgekommen, um Hanna zu helfen, und mehr als zwei Mann brauchen wir hier nicht. Wir kommen schon klar, also schau, dass du nach Hause kommst. Danke nochmal."

Hanna blickte auf. „Gut, dass Sie erkannt haben, dass die Kuh Probleme hat." Sie fing an, diverse Werkzeuge aus ihrer Arzttasche zu holen.

„Danke für die Ablösung. Hoffentlich ist es schnell vorbei", sagte Mike und ging dann zu seinem Truck.

Sofort kniete sich Jake neben Hanna. „Was kann ich machen?"

„Hilf mir einfach, sie ruhig zu halten, während ich untersuche, was in ihr vorgeht. Ich werde meinen Arm einführen und mit ein bisschen Glück kann ich ihr so bei der Geburt helfen." Sie zog ihren langen durchsichtigen Handschuh an.

Jake beobachtete sie, während er den Hals der Kuh streichelte. Innerhalb von Sekunden hatte sie ihren Arm in der Kuh. Er beobachtete ihren Gesichtsausdruck, als sie sich auf ihre Arbeit konzentrierte, und mochte es, wie konzentriert sie bei dem war, was sie tat.

„Okay, das wird nicht leicht, aber ich muss das Kalb drehen und dann sehen, ob die Mutter die Kraft hat, es selbst rauszubringen."

„Du kannst das." Er lächelte sie an, als sie sich vollständig darauf konzentrierte, das Kälbchen zu drehen.

Es fing an zu schneien, bevor das Kalb gedreht war, und es wurde kälter, als der Schnee fiel. „Sobald das Baby da ist, müssen wir beide in die Scheune bringen. Es wäre besser gewesen, wenn sie schon dort wäre, falls ich operieren muss. Kannst du uns einen Trailer besorgen?"

„Ja, ich rufe sofort an."

Er rief Cole an und bat ihn, einen Trailer zu bringen, damit sie die Kuh transportieren konnten. Das

Kalb war gerade geboren, als Cole zwanzig Minuten später eintraf.

„Toll gemacht, Hanna!", sagte Cole und sprang vom Truck.

Hanna sah zu ihm hinüber. „Danke, aber das hat sie selbst geschafft. Jetzt muss ich mich nur noch vergewissern, dass es ihr gutgeht."

„Lasst sie uns schnell aufladen, bevor sie auf die Idee kommt, sich hinzulegen", sagte Jake, als Cole die Tür des Trailers öffnete.

„Es schneit immer kräftiger." Jake hob behutsam das Kalb auf, das versuchte, aufzustehen. Er legte es in den Anhänger und freute sich, als die Mutter folgte. Dann kletterte er hinaus, und Cole schloss die Tür.

„Großartige Arbeit, Jungs. Lasst uns fahren, aber vorsichtig bitte." Hanna drehte sich um, nahm die Tasche und warf sie in ihren Truck. Dann stiegen sie ein und folgten Cole über die Weide.

Als sie an der Scheune ankamen, hob er das Kalb hoch und trug es in einen Stall, während Cole dafür sorgte, dass die Mutter ihm folgte.

„Danke, Cole. Du kannst wieder nach Hause

fahren. Wir übernehmen wieder. Ich hätte den Trailer gleich mitnehmen sollen, aber ich habe nicht daran gedacht."

„Schon gut, ich verstehe," schmunzelte Cole. „Danke, Hanna. Es ist eine wirklich kalte Nacht, ich bin froh, dass es dich nicht länger draußen im Wetter gehalten hat."

„Danke, dass du so schnell gekommen bist", sagte sie und ging dann an die Tür der Box, um Kuh und Kalb zu studieren.

„Hab' ich gerne gemacht. Ruft an, wenn ihr noch irgendwas braucht."

Jake ging zu Hanna und stellte sich neben sie. „Bist du okay?"

Sie nickte und tätschelte dann seinen Arm. „Ich bin froh, dass es nicht schlimmer war. Sie war wirklich in Schwierigkeiten, und wenn es niemand bemerkt hätte, hätte es sehr traurig für sie und ihr Junges ausgehen können."

Zärtlich legte er eine Hand an ihre Wange. „Ich bin auch froh. Danke." Er wollte sie küssen und ihr sagen, wie besonders sie in seinen Augen war und wie sehr er sie mochte, als sich ihre Blicke begegneten. Doch er tat es nicht. Er brauchte alle Kraft, die er hatte, um seine Hand zurückzuziehen.

Sie lächelte ihn an. „Ich bin froh, dass ich helfen konnte."

Hannas Innerstes zitterte, als sie mit Jake sprach, und sie liebte das Gefühl seiner Hand an ihrer Wange. Sie hatte einen Moment lang geglaubt, er würde sie küssen, und war jetzt furchtbar traurig, dass er es nicht getan hatte. „Ich bleibe und werde sie eine Weile beobachten, um sicherzugehen, dass es ihnen gut geht."

„Ich bleibe auch. Ich werde nicht mit deinem Truck verschwinden." Er lächelte sie an.

„Oh, wow, ich habe ganz vergessen, dass du mit mir hergekommen bist."

„Ich bin gerne mit dir hier. Aber wie wäre es, wenn wir auf eine Tasse Kaffee oder ein Glas Wasser in die Hütte rüberfahren, während Mama und Baby sich kennenlernen? Das würde dir sicher guttun."

„Das hört sich großartig an. Da kann ich auch die

Toilette benutzen."

Er lächelte sie an. „Dann lass uns gehen. Wir werden zurückkommen und nach ihnen sehen, und wenn du schon hier bist, können wir gerade über die Weide fahren und sehen, ob noch andere Kühe Probleme haben, besonders bei der Kälte. Ich will nicht, dass du nach Hause fährst und bei all dem Schnee wieder hierher gerufen wirst."

„Klingt gut. Und der Schnee ist schön, aber die Kühe sind es nicht gewohnt."

„Ich auch nicht", sagte er mit einem Grinsen. „Ich fahre, wenn es dir nichts ausmacht."

„Hört sich gut an."

Sie stiegen in ihren Truck, und er fuhr über die Weide, dann über das Weiderost und die kurze Strecke zur Hütte.

„Tut mir leid, dir sagen zu müssen, dass wir heute kein so gutes Essen in der Hütte haben, wie bei deinem letzten Besuch. Aber wir haben Snacks, wenn du Hunger hast. Ich setze schonmal den Kaffee auf, während du ins Bad gehst."

„Ich hätte auch gerne ein Glas Wasser zum Kaffee,

wenn es dir nichts ausmacht. Wenn heute Nacht noch mehr passiert, brauche ich beides. Auf deiner Weide könnte auch noch Ärger warten, und ich helfe dir gerne damit."

„Danke, und so leid es mir tut, aber ich fürchte das auch. Ich hoffe, dass alles ruhig bleibt, aber das Wetter hilft nicht gerade."

„Genau."

Sie stiegen aus dem Truck und betraten die Hütte. Sie ging ins Bad, und als sie fertig war, wusch sie sich das Gesicht. Es war ihr egal, dass sie ihr ganzes Make-up abwusch, denn sie fühlte sich schmutzig. Sie starrte sich im Spiegel an und atmete mehrmals tief durch, denn es war nach Mitternacht, und sie war müde. Trotzdem konnte sie nicht leugnen, dass es ihr nichts ausgemacht hatte, den Abend mit Jake zu verbringen. Sie hoffte, dass es zwischen ihnen noch besser werden würde.

KAPITEL FZWANZIG

Hanna ging in die niedliche Küche und fühlte sich sauberer und bereit für einen Kaffee. Jake nahm gerade die Kaffeekanne aus der Maschine, als sie hereinkam. Er drehte sich um und lächelte. Ihr Herz flatterte. Sie hatte aufgehört, all die wenig schmeichelhaften Dinge über ihn zu glauben, und ließ sich viel lieber von seiner Nähe inspirieren. Seit sie hier rausgekommen waren, hatte er ihr nur helfen wollen.

„Fühlst du dich besser?", fragte er und hielt ihr eine Tasse Kaffee entgegen.

Sie nahm sie und genoss das Gefühl seiner Finger, als sie sie streifte. „Viel besser als hinter einen Baum im Wald zu gehen, was ich sonst hätte tun müssen. Die Hütte ist wunderbar."

„Ich bin so froh, dass ich helfen konnte. Apropos,

wenn du Sahne oder Zucker brauchst, wir haben beides da." Er zeigte auf zwei Metallbehälter mit Deckel.

„Danke, aber ich brauche nichts. Ich habe mich daran gewöhnt, Kaffee ohne alles zu trinken. Und wenn ich wirklich müde bin, gibt mir eine starke Tasse schwarzen Kaffees einen guten Schub."

„Das stimmt." Er ging voran in den Wohnbereich, wo zwei Sessel nebeneinander vor dem Kamin standen. Er hatte das Feuer angezündet, und es wärmte den Raum und flackerte einladend.

„Meine Güte, wenn ich mich in einen dieser Sessel setze, komme ich vielleicht nie wieder raus." Sie ließ sich auf einen sinken und seufzte. „Ich könnte glatt einschlafen."

Er setzte sich in den anderen. „Wenn du ein bisschen Schlaf brauchst, nur zu. Mach' ein kurzes Nickerchen. Und dann können wir uns die anderen Kühe ansehen."

Sie trank einen Schluck Kaffee. „Danke, aber lass mich lieber den Kaffee trinken. Du hast mir heute sehr geholfen."

„Ich versuche nur, deine Arbeit ein bisschen

leichter zu machen."

„Das ist dir gelungen. Und der Kaffee steht ganz oben auf der Liste. Danke, dass du bei mir bleibst, um nach den anderen zu sehen … Ich muss mich bei dir entschuldigen."

Er stellte seinen Kaffee auf den kleinen Tisch zwischen den Sesseln. „Wofür?"

Sie holte tief Luft und stellte ihren Kaffee ebenfalls auf den Tisch. „Ich habe dich falsch eingeschätzt. Ich habe aufgehört, mit dir auszugehen, weil ich dachte, du interessierst dich für nichts anderes als für ungezwungene Dates und Spaß. Ich weiß jetzt, dass das ein Fehler war und ich mich geirrt habe. Ich habe diesen Klatschzeitschriften geglaubt und bin mir jetzt sicher, dass das meiste, was sie geschrieben haben, nicht wahr ist. Du warst mir gegenüber immer hilfsbereit und freundlich. Du kommst sogar an Heiligabend mit mir hier raus, um mir bei der Geburt eines Kalbes zu helfen. Ich möchte, dass du weißt, dass ich keine Vorbehalte mehr dir gegenüber habe. Ich finde dich außergewöhnlich. Und muss zugeben, dass ich dich mag."

Hatte sie damit alles vermasselt?

War sie so müde, dass sie ausplauderte, was sie nicht sagen sollte? Hätte sie einfach nach Hause gehen und sich ausruhen sollen?

Er lächelte, und ihr Herz schlug vor Glück einen Purzelbaum.

„Hanna, ich habe gewartet, gehofft und gebetet, dass du anfängst, so zu denken. Dass du bereit bist, uns eine Chance zu geben." Er stand auf, streckte ihr eine Hand entgegen, und sie ließ ihre hineingleiten. Er lächelte, zog sie vom Sessel in seine Arme und senkte dann seine Lippen auf ihre.

Als sie seine Lippen auf ihren spürte, veränderte sich Hannas Welt. Jede Zelle, alle Gefühle tanzten. Warum hatte sie das nicht schon früher getan?

Sie konnte es nicht glauben. Doch sie wusste auch, dass sie nichts überstürzen durfte. Sie hatte es geleugnet und ihn nicht einmal weiter daten wollen, nachdem sie gerade zweimal ausgegangen waren. In den letzten Wochen war es jedoch anders gewesen, und sie genoss das Gefühl, in seinen Armen zu sein, seine Lippen auf ihren zu spüren.

DES MILLIARDENSCHWERER
COWBOY ZU VERSTEIGERN

Sie genoss die Emotionen, die sie erfüllten, und die Art und Weise, wie jede Faser ihres Körpers darauf reagierte, in seinen Armen zu sein und seine wunderbaren Lippen auf ihren zu haben.

Sie lehnte sich zurück und seufzte, während sie ihm in die Augen sah.

Er lächelte sie an, ließ sie aber nicht los. „Sag mir nicht, dass du vor mir weglaufen wirst, nachdem du mich glauben gemacht hast, dass du an mir interessiert bist?"

„Ich möchte ehrlich gesagt unsere Beziehung nicht riskieren, indem wir irgendwas überstürzen."

„Ich verstehe, was du meinst, und ich werde dich nicht drängen, aber ich muss dir sagen, ich bin nicht der Typ, der dich ausnutzen würde. Ich bin der Typ, der dich ehren, schätzen und dir alles geben wird, was du willst. Ich bin nicht der Mann, für den du mich gehalten hast, und ich bin so froh, dass du das jetzt siehst. Ich respektiere dich und liebe es, in deiner Nähe zu sein. Ehrlich gesagt versuche ich zu entscheiden, ob jetzt ein guter Zeitpunkt ist, es dir zu sagen, oder ob ich es vermasseln werde, indem ich dir sage, dass ich dich liebe, Hanna. Ich habe noch nie eine Frau getroffen, für die ich auch nur ansatzweise dasselbe empfunden habe, und ich weiß, dass du die Richtige für mich bist."

Sie konnte nicht atmen. Ihre Knie waren weich geworden, und sie wusste, dass er genau das gesagt hatte, was sie hören wollte. Sie blinzelte die Tränen weg, die in ihre Augen stiegen. „Ich kann nicht glauben, dass ich das fast verpasst hätte. Ich habe es verleugnet, aber jetzt nicht mehr, weil ich dich auch liebe. Und alles, was in deiner Vergangenheit war, ist mir egal, weil ich weiß, dass die Art, wie du mich ansiehst und wie du mich festhältst, echt ist. Genau wie meine Gefühle."

Jake lächelte. „Das ist doch ein guter Anfang."

Und dann küssten sie sich wieder. Und sie konnte fühlen, wie Jakes Herz glücklich mit ihrem schlug.

Jake hatte noch nie so viel Spaß gehabt oder war so glücklich gewesen wie in der darauffolgenden Woche. Seine Brüder freuten sich für ihn, selbst Austin, obwohl er immer noch nicht bereit war, sich auf die Suche nach der *Einen* zu machen.

DES MILLIARDENSCHWERER
COWBOY ZU VERSTEIGERN

Er hatte Austin in der Stadt getroffen, um mit ihm zu frühstücken. Austin hatte gerade die ganze Nacht in der Notaufnahme gearbeitet. Jake hatte ein paar Vorräte aus dem Futtermittelladen abgeholt und sich mit ihm verabredet. Seine anderen Brüder wussten schon, was er vorhatte, und waren begeistert. Alle sagten, sie hätten gewusst, dass es passieren würde.

Er betrat das Diner und entdeckte Austin. Er setzte sich zu ihm an den Tisch, wo schon ein Kaffee auf ihn wartete. „Morgen. Und danke dafür", sagte er, nahm den Humpen und trank einen Schluck.

Austin grinste. „Hab' unser Frühstück auch schon bestellt. Wie ich höre, trittst du dem Club der Ehemänner bei?"

Er hätte wissen sollen, dass einer seiner Brüder schon getratscht hatte. „Ich habe sie noch nicht gebeten, mich zu heiraten, aber ich bin in sie verliebt und habe es vor. Ich hätte sie fast an Heiligabend gebeten, mich zu heiraten. Ich bin mir so sicher, dass ich meine Zukunft mit ihr aufbauen will, aber es war eine lange Nacht, und ich hatte einfach nicht das Gefühl, dass es der richtige Zeitpunkt war. Wir mussten nach dem Kalb sehen, das sie gerettet hatte, und dann sind wir über die Weide gefahren, um sicherzustellen, dass nicht noch andere Kühe in Schwierigkeiten waren. Danach war es wirklich spät – oder früh –, je nachdem, wie man drei Uhr morgens betrachtet. Ich bin ihr nach Hause hinterhergefahren und habe sie an ihrer Tür geküsst, dann habe ich sie schlafen geschickt, während ich selbst nach Hause gefahren bin und den Rest der Nacht wie ein Honigkuchenpferd vor mich hin gegrinst habe. Am nächsten Tag habe ich sie auch noch nicht gefragt, weil sie auf anderen Ranches zu tun hatte."

Die Kellnerin brachte zwei Teller mit Eiern, Speck und Buttermilchbrötchen.

„Danke", sagten beide, bevor sie ging.

Austin konzentrierte sich auf Jake. „Ich freue mich sehr für dich. Und für alle unsere Brüder. Ich denke, wenn du die Richtige triffst, ist es egal, was du vorher gedacht hast oder wie dein Leben gelaufen ist oder was deine Pläne sind, du fühlst es so intensiv, dass es alles verändert. So sehe ich das zumindest."

Jake grinste. „Du hast schon immer alles sehr klar gesehen. Und es ist wahr. Es ist mir egal, was meine Pläne waren, ich erinnere mich nicht einmal, was ich wollte. Im Moment kann ich nur daran denken, Hanna zu bitten, meine Frau zu werden. Und nach Heiligabend habe ich das Gefühl, dass sie zustimmen wird."

„Das ist schön. Ich freue mich für dich." Austin lächelte und schob sich einen Bissen Rührei in den Mund.

Jake wollte gerade dasselbe tun, als ihm ein Gedanke kam und er seine Gabel sinken ließ. „Weißt du, wenn wir heiraten, hat sich damit das, was sie über die Sache mit dem Strumpfband gesagt haben, wieder als wahr erwiesen. Sie war die erste Frau, die ich gesehen habe, nachdem ich das Strumpfband gefangen hatte. Dasselbe gilt für alle unsere Brüder. Wenn du also zu meiner Hochzeit kommst oder auf irgendeiner anderen Hochzeit ein Strumpfband fängst, bist du an der Reihe."

Austin legte seine Gabel auf den Teller und sah ihn an. „Nur, wenn ich willens oder bereit bin."

„Ich kann dir sagen, es ist eine wunderbare Sache. Als ich es gefangen habe, hatte ich keine Ahnung, dass ich Hanna begegnen würde. Und jetzt betrachte ich das als den wichtigsten Moment meines Lebens. Also mach dich bereit, mein Bruder, du bist auch bald dran."

KAPITEL EINUNDZWANZIG

„**D**u meinst es wirklich ernst mit ihm", sagte Natalie, als sie Hanna mit einem breiten Lächeln ansah. „Ich wusste es. Ich wusste es einfach."

Hanna schmunzelte. „Ich weiß, dass du es wusstest, aber dir ist auch klar, dass ich ein paar eigene Probleme überwinden musste, also bin ich froh, dass ich es geschafft habe. Ich bin ehrlich dankbar, dass er einen Weg gefunden hat, mit mir zusammen zu sein, als ich versucht habe, ihm aus dem Weg zu gehen. Es war wunderbar diese Woche."

„Und jetzt werdet ihr es langsam angehen?"

Sie waren in ihrem Büro und aßen gemeinsam zu Mittag, da es ein ruhigerer Tag war. Natalie hatte Essen mitgebracht, nachdem Hanna angerufen und sie gebeten hatte, vorbeizukommen. Sie wollte nicht in der

DES MILLIARDENSCHWERER
COWBOY ZU VERSTEIGERN

Öffentlichkeit über ihr Liebesleben reden, also hatte sie entschieden, dass ihr Büro ein guter Ort wäre. Hier konnte sie offen reden.

„Ich wünsche mir, dass er mich bittet, ihn zu heiraten. Aber ich habe Angst, dass er, nachdem ich unsere Beziehung so lange aufgeschoben habe, mich vielleicht nicht drängen will. Das heißt, dass Jake mir vielleicht noch lange keinen Antrag macht."

Die Augen ihrer Freundin verengten sich. „Dann frag du ihn."

„Ich habe darüber nachgedacht, aber ich glaube einfach nicht, dass es Jake so viel bedeutet, wenn ich ihn frage, als wenn er mich fragt."

„Dann genießt einfach eure gemeinsame Zeit und warte ab, was er tut, und wenn es zu lange dauert, frag ihn einfach, ob er an einer Ehe interessiert ist, oder deute an, dass du offen dafür bist."

„Okay, ich werde geduldig sein und genau das tun. Ich bin nur einfach so bereit, seine Frau zu werden. Manchmal wundere ich mich über mich selbst."

Ihre Freundin aß ihre Pommes, während sie lachte. „Glaub' mir, du sind eine wunderbare Frau, und jeder in der Stadt, um dessen Tiere du dich kümmerst, drückt euch beiden die Daumen."

Cole hatte sie eingeladen, Silvester im Ranchhaus mit seinen Brüdern und deren Frauen und ein paar anderen Leuten zu verbringen. Jake hatte seinen Brüdern bei der morgendlichen Besprechung in der Scheune gesagt, dass er etwas Besonderes für Hanna vorbereitet hatte. Sofort hatten alle gelächelt und verstanden und ihm Glück gewünscht.

Als er jetzt an Hannas Haustür klopfte und darauf wartete, dass sie sie öffnete, betete er, dass sie sich nicht bedrängt fühlen würde. Dass er keinen Fehler machte.

Sie öffnete die Tür und sah wunderschön aus. Sein Herz schlug wie wild.

Ihr langärmliges Kleid war feminin, da es knapp über ihren Knien endete und beim Gehen wehte. Es war rot, mit einem Hauch von weißem Glitzer, einfach wunderschön.

Er schluckte schwer. „Ich bin sprachlos."

Sie grinste. „Das ist ein großes Kompliment,

danke."

„Darlin', du siehst umwerfend aus. Und ich meine unglaublich schön."

Sie trat auf ihn zu und legte ihre Arme um seinen Hals. „Ich hatte gehofft, dass du das sagen würdest, als ich das Kleid gekauft habe. Und als ich die neue Tierärztin eingestellt habe, die mir in der Praxis und bei Notfällen helfen wird." Sie lächelte, und ihre Augen tanzten.

Er war überglücklich über die Nachricht. „Wunderbar! Das freut mich unglaublich für dich. Du startest richtig ins neue Jahr. Ich freue mich, dass du jemanden gefunden hast."

„Ich mich auch. Sie ist die junge Frau, die mich die meiste Zeit vertreten hat. Sie ist Single, und es macht ihr Spaß, hier zu arbeiten. Als ich die Anzeige geschaltet habe, war sie eine der ersten, die sich beworben haben. Ich bin begeistert und freue mich sehr, sie hier zu haben. Am meisten freue ich mich aber auf unser Silvester-Date."

Er war froh, dass sie sich darauf freute, und beugte sich vor, zog sie an sich und küsste sie. Dann lehnte er sich zurück und starrte in ihre wunderschönen Augen. „Lass uns gehen. Du solltest deine Jacke mitnehmen", erinnerte er sie.

Sie ging zurück ins Haus und kam sofort mit einem cremefarbenen knielangen Mantel zurück. „Auch hübsch", sagte er, nahm den Mantel und half ihr, ihn anzuziehen. Er war ein Stück länger als das Kleid und würde sie warmhalten. Er öffnete die Tür und half ihr in die gut geheizte Kabine.

Nach den Feiertagen hatte es aufgehört zu schneien, doch an diesem Nachmittag hatte es wieder angefangen, und der Boden war mit einer weichen weißen Schicht bedeckt. Es war eine hübsche Fahrt die Straße hinunter zu einem schicken Restaurant mit großartigem Essen, sanfter romantischer Musik und einer besonderen Silvesterfeier später am Abend.

Sie erreichten das Restaurant und wurden zu ihrem Tisch geleitet, wo kurz darauf Champagner serviert wurde. Er hatte darum gebeten, als er den Tisch reserviert hatte, und freute sich, dass die Gläser schon warteten und sie ihn mit einem Lächeln ansah. „Es sieht so aus, als ob du heute Abend früh mit dem Feiern anfangen willst."

„Du bist bei mir, also will ich das natürlich. Ich will, dass du einen schönen Abend hast. Wir werden essen, was immer du willst. Wir können Champagner trinken, aber nur, wenn du es willst. Und wir werden tanzen, wenn du es möchtest."

Sie lächelte, als er den Stuhl herauszog und sie sich setzte. „Das klingt nach einem wunderbaren Abend. Ich kann immer noch nicht fassen, dass ich mit dir zusammen bin."

„Mir geht's genauso." Er wusste nicht, ob er jemals würde fassen können, wie glücklich er war, sie in seinem Leben zu haben.

Ein Sommelier kam mit dem Champagner und goss etwas davon in jedes ihrer Gläser. Nachdem er wieder gegangen war, hob Jake sein Glas und lächelte Hanna an, als sie ihres nahm.

„Auf unsere Zukunft", sagte er und wurde durch das Leuchten in ihren Augen ermutigt, als sie nickte und mit ihm anstieß, bevor sie einen Schluck trank, während wunderschöne Musik aus den Lautsprechern rieselte.

Sie sahen sich die Speisekarte an, und die Kellnerin

erschien und nahm ihre Bestellungen entgegen, bevor sie wieder ging.

„Das ist schön", sagte Hanna.

Er nahm ihre Hand. „Ja, das bist du."

Sie kicherte. „Du versuchst wirklich, mir den Tag zu versüßen, glaube ich."

„Du hast mich durchschaut."

Danach sahen sie den Leuten beim Tanzen zu und lauschten der Musik. Er wollte sie auf die Tanzfläche führen, musste aber noch ein bisschen warten. Die Musik war romantisch, und sie würden langsam tanzen. Das würden sie bald tun, doch zuerst wollten sie essen.

Zum Glück wurde ihr Essen bald serviert. Sie aßen und genossen die Gesellschaft des anderen, und als sie fertig waren, forderte er sie zum Tanzen auf.

„Sehr gerne", sagte sie mit einem süßen Lächeln auf den Lippen.

Er führte sie auf die Tanzfläche und zog sie an sich, während das leise, romantische Lied spielte. Sie fühlte sich wunderbar in seinen Armen und lächelte zu ihm auf.

Er lächelte sie an und wollte sie küssen. „Gefällt es

dir? Ich glaube, das ist der schönste Abend meines bisherigen Lebens."

Ihr Gesichtsausdruck wurde weicher, und ihre Augen hefteten sich an seine, während sie seine Hand und seine Taille fester hielt. „Ich war noch nie glücklicher."

Endlich küsste er sie. Er hatte sie in die Nähe der Tür getanzt, die auf die Terrasse hinausführte. „Lass uns kurz nach draußen gehen."

Er nahm ihre Hand und führte sie hinaus auf die große Terrasse. Angesichts der Jahreszeit waren keine Tische draußen aufgebaut, doch es war der ideale Ort, um ungestört ein paar Minuten Zeit miteinander zu verbringen. Als sie sich umsah, bemerkte sie mehrere Paare, die auch nach draußen gekommen waren. Er führte sie zum Ende der Terrasse und nahm dann ihre Hände in seine, sah ihr in die Augen und ging dann auf ein Knie, während er weiter ihre Hände hielt.

Hannas Augen weiteten sich. „Was tust du da?"

„Hanna, willst du mich heiraten? Ich meine, selbst wenn du noch nicht bereit bist, will ich weiter mit dir zusammen sein und dir so lange meine Liebe zeigen, bis du überzeugt bist. Ich bete nur, dass du dafür nicht mit mir Schluss machen wirst. Ich liebe dich von ganzem Herzen und habe versucht, mich zurückzuhalten, aber ich kann nicht. Ich kann mir keinen weiteren Tag ohne dich vorstellen."

Ihr erschrockener Blick wich einem strahlenden Lächeln, als Tränen über ihre Wangen liefen. „Ja, ich will dich heiraten. Ich habe so gehofft, dass du mich fragen würdest."

Von seinen Gefühlen überwältigt sprang er auf, zog sie in seine Arme und drückte sie an sich, während er sie küsste.

Sie freute sich darauf, ihn zu heiraten, und er wusste, dass er diesen Moment niemals vergessen würde.

Über die Autorin

Der Name der zeitgenössischen Bestseller-Autorin Hope Moore ist das Pseudonym einer preisgekrönten Autorin, die in Texas lebt und von Cowboys umgeben ist. Sie liebt es, Liebesromane und Happy Ends zu verfassen. Ihre herzerwärmenden Liebesromane sind voller schöner Helden, die es zu lieben gilt und wagemutiger Frauen, die ihre Herzen gewinnen.

Wenn sie nicht gerade schreibt, versucht sie hartnäckig, nicht zu kochen, da sie von Erdnussbuttersandwiches, Kaffee und Käsekuchen leben könnte. Seit sie schreibt, ist sie kaum noch in sozialen Medien präsent, aber sie LIEBT ihre Leserinnen und Leser, also melde dich für ihren Newsletter an und sichere dir die kostenlose Kurzgeschichte DIE WAHRE LIEBE IHRES MILLIARDENSCHWEREN COWBOYS.

MILLIARDENSCHWEREN COWBOYS, die Vorgeschichte ihrer Western Liebesgeschichten-Serie der McCoy Milliardärsbrüder!

Dieses Buch ist nur für Newsletter-Abonnenten erhältlich und ist die süße Liebesgeschichte von J.D. McCoy, dem geliebten Großvater der Brüder. Du wirst außerdem Leseproben ihrer Abenteuer, zusammen mit Sonderangeboten und neu veröffentlichten Büchern erhalten.

Bitte kopiere diesen Link und füge ihn in deinen Browser ein, um dich anzumelden: https://www.subscribepage.com/cowboyromantik